U0095486

爱本就是偶然

欧阳落儿 著

中国青年出版社

目　录

第一章　相识……………………………………………1

第二章　离别……………………………………………6

第三章　思念……………………………………………12

第四章　重逢……………………………………………16

第五章　爱与不爱………………………………………23

第六章　两条平行线……………………………………39

第七章　真相的力量……………………………………54

第八章　爱是一个影……………………………………75

第九章　爱和痛离多远…………………………………100

第十章　爱是等待 …………………………………………… 148

第十一章　没有爱，还剩什么 ……………………………… 178

第十二章　冬天 ……………………………………………… 184

第十三章　最后一眼 ………………………………………… 210

爱，是偶然，更是必然 ……………………………………… 213

第一章 相识

-A-

爱一个人是不是件容易的事呢？曾玉清觉得太不容易了。六年前在老师家见到小师妹柔媚的时候，才发现自己找了多年的人居然藏在这里。今天终于可以一个人大大方方地看她了，因为她已经是曾玉清的新娘了。

他看着累了一天的柔媚，不想那么快就去工作，可是明天还有个会议，能做到现在的位置，他是付出了心血的。

和柔媚说好了，让她一个人去度蜜月。柔媚喜欢海，他为柔媚订了去青岛的飞机票。虽然舍不得她一个人去，可是自己必须要工作。在这个打拼的城市，你一天不努力就有可能被人取代，曾玉清只想为他的公主打造一个美丽的天空。

一生顺利得过了头，几乎没有什么阻碍，从小学到大学，再读研究生，结婚，完成了一生该做的几件大事，柔媚才25岁。

好朋友小纹问过柔媚:“你爱他吗？”

他，是爱了柔媚六年、守护了六年的曾玉清，柔媚淡淡的笑挂在脸上。什么是爱？像书上写的？那些不过是故事罢了，其实生活就像一杯白开水，什么味也没有。

小纹脸上全都是对爱情的向往，柔媚眼底的笑让她恼，虽然是一起长大，小纹还是一个小女孩的心态。

柔媚没有违背过父母的意愿，清楚父母爱自己，父母喜欢曾玉清，她觉得他不讨厌，嫁人让父母快乐，为什么不呢？

飞机起飞的时候，因为失重耳朵痛，柔媚闭上了眼睛。

25年了，她第一次一个人出门，也许这对很多人都是一个笑话。

读书一直在一个城市，放假了，父母也放假了，旅行的时候父母必在身侧。爱一个人其实对双方都是负累，柔媚何尝不知，但看着父母快乐的眼神，柔媚不愿给他们不快乐的感觉。

为了这次单飞旅行，一家人着实研究了一阵子，曾玉清是真没有时间，父母的谅解让他欣喜不已。所以总是希望柔媚快乐一点，他很清楚柔媚渴望一个人的日子。

柔媚睁开眼睛的时候看见一双关切的眼睛，“怎么了小姐？”柔媚温柔地笑笑，“没事，耳朵有点不舒服。”

“一个人旅行？”

“是的。”柔媚温柔的声音听上去，软软的，甜甜的。

她侧头看着旁边的中年男人，很温柔地问：“你也去青岛？”

中年男人点点头，眼神虽然平静，心底却如海浪翻滚，乘飞机这么多年，却第一次碰上如此美丽而温柔的女孩。

柔媚点点头，然后把眼睛闭上，安静地想，旅行多好，可以把你带到任何不认识的人身边。

“小姐，你去青岛是旅行还是……”

柔媚看了看他，淡淡的笑意挂在唇边，温柔地说：“去旅行。”

“订酒店了吗？”

柔媚看他……

“哦，对不起。”男人涨红了脸。

柔媚温柔地说：“我先生帮我订好了。”男人睁大眼睛，看了看，不再说话了。

柔媚闭上了眼睛，她的脸上是一抹红晕，怎么会躲不过呢？要把曾玉清“搬”出来，还不习惯他出现在自己的思想里，感觉是偷来的。

“小姐，你的午餐。”空姐轻柔地说。柔媚睁开了眼，身边早就空了。

-13-

一直都喜欢海。柔媚出生在海边的小城市，父母为了给柔媚一个更好的生活环境，举家迁往广州。所以，柔媚一生见海的次数是有限的，这次青岛之行只是想给自己一个补偿。

酒店是曾玉清早就定好的，房间也是最好的，客厅有一个面向大海的落地窗，推开阳台门，扑面而来的是咸咸的海水味道，房间是建在崖上的，崖下的海水扑打着岸边，很像是那首词的感觉“惊涛拍岸，卷起千堆雪”。

梦里的海是蓝蓝的，带着幽幽的绿意。每天清晨柔媚会顺着这条细白沙滩的海岸线走很久，柔媚喜欢那细细的沙滑入脚趾间的感觉。

连心推开窗的时候已经是下午了，习惯了夜晚工作，整个旅行都在熬夜赶通宵，把文件发出去的时候已经天亮。此次旅行是为了纪念自己单身生活的结束。答应了等自己八年的女友结婚的时候，感觉上不是欣喜，更多的是多了份负担。

想起女友那张精明的小脸，连心知道自己是逃不掉的。这个本就是自己的宿命，谁可以和一个人纠缠八年！连心知道小宛是自己的责任。

坐在阳台上，他的阳台对准海岸线。长长的细白的沙，连心看着海浪翻滚，才觉得心是安静的，时间都用来做事了，休息成了奢侈。

下午的阳光偏西了，阳台上是一片暗影，咖啡还是温的。有什么好喝的？像刷锅水一样。想着母亲的话，连心笑了。

母亲一辈子忙碌在农村，父亲是军人，母亲因此吃了不少的苦，可是母亲不觉得。很多时候回去看到母亲忙碌的身影，而父亲却享受着她的侍候，连心总是奇怪地看父亲。

在军区大院里，母亲在农村的孩子只有他和小宛。小宛娇小而精明，这么多年来一直固守在他的身边。直到有一天他发现，小宛不知道什么时候成了他的责任。婚姻，很多时候就是报答的方式，而他至少可以给小宛一个完整的婚礼，一套舒适的房子。中国人喜欢房子，对中国人来说，房子就是家。

连心低头握了握手，居然还有紧张的感觉。远望去，海水扑向海岸，有点像小宛扑向自己。

他看到一个苗条的身影，白色的纱，风吹起她的丝巾，长长的白丝巾被风扯着，好像是一个白色的旗帜。

在蓝色海的掩映下美丽得好像是一幅画。

恍惚间，他的心跳在加剧，他很想看看那个女孩子，似乎有什么在召唤一样，眼睛追随着女孩子的身影。

第二天一大早，连心就跑到沙滩上等，海风滑过耳朵的感觉痒痒的。他怀疑自己疯了,不敢相信自己的幼稚，等了一天，也没有见到她。

身体有点热，柔媚知道自己有点凉着了。心懒懒的，人也懒，可是看着夜幕下的海水，柔媚忽然间感觉自己好了很多，顾不得虚浮的身体，溜到海滩上。静夜，海滩上的游人点起了篝火，很多人喜欢拿一个帐篷在海边过夜。

柔媚静静地看着海水，感觉着海的声音，似乎在低低呓语。

连心几乎要放弃的时候，柔媚来了。还是一身的白，身材修长，被夜裹着。

连心看着柔媚，在夜色中柔媚的脸显得格外的白。他看着柔媚，柔媚看着海。

柔媚的眼神幽幽的，透着一种淡淡的哀伤。

看到连心，柔媚温柔地笑笑。连心醉在她的笑容里，似乎两人已经认识很久了。

-C-

柔媚慢慢地坐下，抱住自己的腿。连心疑惑自己是该坐还是该站，他有点不明白柔媚为何对他并没有任何的戒备，自然得好像是故人，而连心也没有陌生的感觉。

“海水在说话。”柔媚把下巴抵在腿上，轻轻地说。

她长长的发，纤细的手指，白净净的脸，高贵的气质，让连心很想去摸摸她的发。连心渴望能够疼她。

静静的夜色，浓得让人心醉。

“我喜欢海！”柔媚软软地说。

“小时候喜欢一个人跑到海边。看着大海，心里都会快乐。”柔媚侧头看着连心，笑了。

“妈妈因为我喜欢海，一定要父亲搬家，可是海在这里呢。”柔媚尖尖的笋指指向心口，没有人可以夺走的。

连心听着，他敢打赌，女孩子甚至没有看清她身边的人是谁。

可是柔媚不在乎，连心更不在乎。

柔媚向后仰自己的头，拗着贴着背。连心不敢透气，怕吓到她把头拗断了。柔媚的眼微闭着，似乎在体会什么。连心惟一可以想到形容柔媚的词就是:“精灵，海的精灵。”

睁开眼睛看着他，“我要去那崖边，你去吗？”

连心又惊又喜，点头。

“来吧！”柔媚居然牵他的手，跑……

连心兴奋得来不及反应，看着女孩子纯真的脸，不再犹疑，反手握住，拉着她跑到崖边。

因为喜欢运动，连心几乎没有什么感觉。柔媚的脸却极红，像透不过气一样，还没有松手，连心感觉她晃晃的身体几乎要倒。连心顺手把他拥住。低低的眉眼，滚烫的身体，她生病了！而他居然由着她吹了一夜的海风。

连心脱掉自己的衣服，给她披上，然后将她抱起。

“我送你回去。”连心低语。

“呵呵，怕什么，是感冒而已，我以前连感冒都没有机会呢，可以生病真是件好事。”柔媚温柔地说。

“傻孩子。”

在柔媚的房间前，连心放下她。不知道她这一进去，要多久才可以再见。连心满眼渴望，渴望见她，渴望可以听她柔柔的声音。

“我给你去拿药。”来青岛的时候，小宛在他的旅行包里放满了药。

“我自己有，可是我不想吃。”柔媚最怕吃药。

“要吃的，不吃，你会难受的。”连心不想让她站在门口和自己说话太久，怕她再着凉又没有勇气说到她的房间。

“进去吧，我的房间电话是4321，有什么问题你打电话给我，我就下来。”

“好。”

柔媚没有请他进来坐坐，连心又难过又欣喜，柔媚不是一个随便的女孩子。

第二章　离别

-A-

公司传真过来的文件，连心看不下去。

电话安静得好像海水，都睡了。连心在房间里走来走去，几次冲出门去，又回身关好门。一夜，人都老了。

天刚亮的时候，连心看到柔媚在海岸线上散步，便拿起一件厚实的大衣，冲到柔媚的面前，然后一切都安静了，他不知道怎么向她开口。

她回头看了一眼连心，温柔地笑笑。

连心讪讪的，把大衣递给柔媚。柔媚娇柔地笑笑，似乎知道连心在想什么，连心也看到了她脸上的红。

"'羞涩'，早就是过去的词了。"小宛曾说过的一句话。

连心忽然记起妻子小宛，很尴尬的感觉。

怎么可能对着一个人，不厌倦；怎么可能看着一个人，不会痛；怎么可能为了一个人，期盼天长地久。渴望时间可以再长一点，再长一点，期盼时间是否可以停留，是否可以瞬间化为永恒。

柔媚看海，连心看她。

"我要走了。"柔媚低声说。

"好，我送你。"连心真想她可以再陪自己一会，可是想到她还病着，就不忍心了。

最后看了一眼大海，又看了一眼柔媚消失的方向。连心摇了摇头，要回去了，人生也许只是这么一段缘让人记住而又感觉到浪漫？一个陌生人，可是又熟悉得让人没有感觉到一点不安，柔媚坐上车的时候，不知道已经把心留下了。

连心找不到柔媚了，找遍了所有角落。总台人员告诉他，那个那个叫柔媚的女士退房了，就在那天下午，连心呆了。

如果他知道柔媚走了，是离开这里，他还会让她走吗？连心不知道。

连心装了一杯沙，回到了北京。想着她曾经踏过的沙，想着她温柔的声音。

连心的心里有个梦，梦里老是有个挥舞丝巾的女孩子柔柔的笑脸，很甜。午夜梦回，自己被自己梦中的故事惊醒，然后是看着妻子小宛熟悉的睡态，看惯了的怎么都不会惊心的。

小宛，是母亲的翻版，下一代才是她的责任。结果有一天，小宛惊喜地说："连心，我有了！我有了！"

"有了什么？"

"有你的孩子啊，你快做爸爸了。"连心的唇角动了动。

小宛习惯了连心的不动声色，毫不在意地跑去告诉母亲。母亲在他结婚的时候，在连心的劝说下留在了北京。

连心习惯地拿起桌上的沙，小宛看连心爱那沙，就帮他买了一个五彩的瓶来装。可是他还是爱那个透明玻璃的，那是在青岛的海滩上拾的。

听到母亲大声的笑和小宛快乐的声音，连心握了握手里的沙。

-B-

曾玉清没有让司机来接柔媚，而是自己开车来接。

"媚儿。"曾玉清亲吻自己的妻子，心里想的是过会儿要开会，还有今晚要签约。

"媚儿，我送你回妈妈那里好不好？"

柔媚看着曾玉清歉疚的眼，点点头。

曾玉清喜欢柔媚的温柔，喜欢她的理解，柔媚没有主动要求过他的陪伴，这么多年来都是等他闲下来才陪陪她。曾玉清以为柔媚懂。

"媚儿，在想什么？"

柔媚心神不定地坐在窗前。

“来，又穿那么少，感冒还没有好，玉清也真是的，你一个人度蜜月本来就不对，回来了也不陪陪你，感冒了也不照顾一下子。”妈妈唠叨着。

“大男人在外面挺不容易的，还不是为了让媚儿过得好点，你唠唠叨叨的说什么呢？”父亲极其疼爱这个学生，“才几年就做了那么大的企业的副总，对女儿也忠心，有能耐的男人哪个不是三妻四妾的。”女儿可以嫁给曾玉清对父亲来说是最好的结果。

柔媚温柔地笑笑，妈妈和爸爸老是这样，还当自己是小孩子。

穿上衣服柔媚说：“妈妈，我要出去一下。”

“那么晚了，你还去哪里？”

柔媚认真地想，不应该回来住了。

“哎，媚儿，你不是小孩子了。”父亲帮她，她感激地看着父亲。

早在毕业之前柔媚就应聘了一家公司，做的是自己的专业，纺织公司的跟单，因为要结婚耽搁了。柔媚想，明天要去问问，是否还可以继续做下去。

街边热闹非凡。顺着长长的街，快乐的人们在寻找自己的快乐。

“你好。”

“你是柔媚。”

“是的。”

“你的姓很特别。”

柔媚唇角微微翘，从小到大太多人说过这话。

“公司刚刚走了一个英文跟单，我看你有英语六级证书，你可以来试一下吗？”

“好。”

柔媚上班没有和曾玉清讲，对他来说，可以养老婆是他的光荣，怎么舍得老婆去上班呢？藏起来还来不及呢。

柔媚的工作极简单，把所有英文文件翻译成中文。柔媚很努力，很多专业术语不懂就去请教上司——总是一脸微笑的香港人闻生。

夜晚的时候，柔媚一个人回家。从上班起有一个月没有见过曾玉清了，家人以为曾玉清接走了柔媚，可是曾玉清只把柔媚接出来吃了一顿饭，告诉柔媚，要去北京一个月。今天电话通知她说还要一个月，柔媚并不想他，也就无所谓。

夜晚，柔媚喜欢一个人走在街上，去那家叫“老树”的咖啡屋喝一杯咖啡，柔媚知道那个在青岛相遇的人喜欢咖啡。至于自己什么时候开始喜欢喝咖啡的，她也茫然，只知道从青岛回来就喝了好多次了。

-七-

曾玉清抱着柔媚，“媚儿。”

“嗯？”

“想吃酸的吗？”

“不想吃。”

“奇怪，怎么还不想吃，我们已经结婚一年了。”

“一年，”柔媚想，“好久了！”柔媚记忆里的人影没有随着记忆消失，反而越来越清晰。

“连心，你看一下孩子啊。”

“保姆呢？”

“去买菜了。”

连心无奈地看着打牌的小宛，一开始怕她在家里怀孩子寂寞，就让她去楼下找人聊天，可是从那以后再也没有见过她的安静了。小宛总是叫一些莫明其妙的人来家里打牌，而这样的日子居然到了她孩子都生了，也没有停下。

母亲看不惯，回了乡下。

连心只好雇了保姆。家里已经不是一个安静的地方了。

“连心你申请去上海？那怎么行，这边怎么办？”连心的老总是个很没能力的人，一切都是连心说了算。可喜的是连心感激老总的提拔，所以这么久老总还是老总，连心还是连心。

“你是不是很累啊？”老总关切地问。

连心笑笑说：“没什么，男人嘛，都一样的。”

“这样吧，本来我要去广州分公司看一下的。你去吧，一个月，也算是给你的假，怎么样？”

连心知道只好如此。

“你要去广州，那家里你不管了？”

连心耐心地说：“只是一个月。”

“哦!”小宛回头继续打牌。

“哎，看人家小宛多有福气，老公又能干，又体贴，又不出去泡女人。我家那个你说他一句，他有十句顶你呢。”

“可不是咋的？我家那个不是也一样啊！碰，哎，我碰。”

“你还在上班啊？”曾玉清还是在半年后才知道柔媚上班的事情，连威逼带利诱，柔媚都不为所动。玉清一直都以为娶的是个没有什么主意的小女孩子，现在才知道只要是她认定的，谁也劝不了。所以见面就讲一句来解解气。

“嗯。”

“那就把它辞了。你是太累了，所以才没有……”

柔媚一直都不知道曾玉清是想要小孩子的。结婚前，曾玉清看到人家的小孩子总是躲开。

“那不是我的啊，我要我的孩子，要一个男孩子。”

“那如果不是男孩子呢？”

“那就再生一个。”

柔媚诧异地看着曾玉清的脸，怀疑自己是不是听错了。

“男人忙了一辈子就是为了有个儿子来继承，你知道我家已经是单传了，我这里是不可以断子绝孙的，我妈妈还等着抱孙子呢。”

柔媚没说话，翻着手里的《红楼梦》。

第三章　思　念

一

柔媚没有打算生孩子。孩子太纯洁，可是这个世界已经太多污垢，再纯洁的孩子也成了黑色的了。柔媚知道，曾玉清不懂，她也不想和他解释。现在的人本就更新得很快的，你还没有把主意告诉人家呢，在其他地方早就流行了。

过年的时候，回到婆婆家，一大屋子的孩子，大的和小的扭来扭去，有的还在地上滚。

柔媚坐在小小的竹凳上和孩子们下五子棋。

每个孩子的脸上都是欣喜，难得有大人会在意他们的感受，而在他们的内心世界大人们通常做的只不过是打骂而已。

婆婆家不远处是一片安静的小海滩，被山挡住了，没有什么人来，难得的干净。柔媚喜欢一个人散步在沙滩上，光着脚，在婆婆家闭塞的风俗看来是不妥的，可是柔媚还是忍不住。

看着海，看着沙，柔媚的心总是有缕思绪的，那是很久前的青岛，已经是很久了，记忆里的人，淡得如一个影模糊不清。

“孃孃。”最小的小女孩子大叫着跑来。

“嗯。”

“妈妈说这个地方有蛇呀，不可以光着脚哦！”

柔媚摸着孩子的脸，笑笑。穿上鞋的时候，小女孩满是笑意。

“柔媚。”

“嗯。”

“妈妈问你孩子的事，你就说有了，又打掉了，记得没有？”

柔媚皱皱眉，“为什么？”

“别问了。”

“柔媚，妈妈问你一个问题哦，你要老实说哦。你是不是有什么问题哦，如果有，我这里有偏方哦，一试就灵。”婆婆的普通话很吃力，柔媚听得极辛苦。

“我没有问题。”柔媚为难地看着玉清。

“那你的孩子真掉了，这个也能管用。”

柔媚温柔地说：“妈妈你不用担心，我的身体好着呢。”

“可是你怎么还不生仔哦，衰哦，偶是什么命哦，偶好命苦哦。”

柔媚手足无措地看着玉清。

玉清扶起妈妈，劝着回去了，柔媚有点后悔答应来了。

望着远远的海，柔媚似乎看见了一张完整的脸，这是柔媚第一次完整地看见连心的样子，眉眼如刻。柔媚手心凉凉的，怎么会记得那么清楚。

连心来的时候，柔媚恰好休假，每个高级职员都有10天年假。而连心来的那天，柔媚才休了两天，所以连心只知道有个叫柔媚的女孩子，极美。这个评语从闻生的嘴巴里出来不容易，闻生是有名的君子。

公司情况还不错，其实没有什么要查的，不过是老总托词要他休息一下罢了。可是既然来了，还是要看一下的。台面很整洁，有几本翻译好的英文资料。连心粗略看了一下，翻译得很准确，字体清秀而洒脱，很少见女孩子写字会带着一种淡淡的写意画的风格。

"这是柔媚的桌子，连总请你到我的办公室吧。"

"哦，不，这里挺好，你不是说她在休假吗？"

"嗯，是啊。"

"那就没有问题了，我不会碰她的东西。"

"好的，好的。"

连心莫名地感觉这个位置有种幽幽的香味，这味道勾起了他记忆的闸门，那张久违的脸忽然间放大、清晰。

-ß-

"老总，公司还不错，一切都井井有条。"

"那就去玩一下，哎，你去惠州吧，你不是一直喜欢那种似乎有点什么来着？你说的？"

"写意？"连心说。

"对对对，你说的写意风格的地方。我说那个地方极像，去走走，就算度假吧！"

连心听从了老总的劝说，离开广州，而那天刚好是柔媚销假回公司的日子。在坐上车的一瞬间，连心几乎看到了一个修长的身影，一 袭白衣。

连心摇摇头，这么久了，这样的事情经历多了，徒然增加困扰而已，连心不想在这个所有下属都看着的地方闹出个笑话。

“北京来的老总刚刚走。”闻生上司看着柔媚。

柔媚回头看着远去的汽车，笑笑。

“柔媚？”

“嗯。”

“你和连总很像。”

“怎么会像呢？我们一不是兄妹，二没有血亲，何况他是男人，我是女人。”

“哎，你的嘴，总是像刀子。”

“我是说气质，都是那种让人看了……”闻生的普通话极不标准。

柔媚笑笑，由着他去想，回到自己的办公桌边。

有人坐过，柔媚知道，感觉很亲近。

连心到惠州的时候，已经是吃饭时间，司机送他到了惠州西湖边的酒店。酒店被西湖环抱，湖水和酒店的阁楼交融，就像一幅画。

喜欢一个地方本就是一件简单的事情。

连心是个爱海的人，所以极少看湖，总觉得小家子气了一点。可是惠州西湖真的让人感觉很舒服。

湖边的树木古朴典雅，没有经过任何修饰，少了城市里的那种整齐的感觉，却是别有趣味。显然当地人是有情趣的人，在美丽的地方住久了，人也雅了。

顺着湖边的小路，连心看到有画院，信步进去，满眼的花团锦簇。连心苦笑，来错地方了。忽然看见一幅清新小画，是写意画法，海的凝重跃然纸上，下面是一行小字，某年某月于青岛，落款是《落叶思归》。

青岛，连心在心里咀嚼这两个字。

“你好，这幅画要卖吗？”

“这幅啊！”画画的人说：“有缘人相赠，无缘人天价。”

“那怎么才算有缘？”

那人笑了笑说：“先生就是个有缘人。”

连心吃惊地看着他。

那人淡淡地笑着，“送你了。”

接过画，看着低头看旧版书的老人，心想这个老人也算是个隐士了。

第四章 重 逢

-A-

连心剩下的时间都消磨在惠州那座小城市了，城市的喧嚣离他远了。假期消耗完的时候，闻生打电话给他，问要不要订机票，订在什么时候，要不要叫司机接他回广州。

小宛的生活似乎有了牌就够了，哪里还顾着老公是忙着还是闲着。每天连心例行的一个电话，必须问候她一下。

“回吧。”连心暗想。

回到广州的时候是下午三点，都市人声喧嚣，安静反倒是让人害怕的事情。每个人都以最快的时间奔向下一个目的地，车流，人流，城市也在动。

连心想自己真的老了，心倦了，居然有种企求时间快一点的感觉。

“连总你回来了。”闻生一惯地有礼貌。

连心笑笑，点点头。

“介绍一下。”

“柔媚，我们的翻译，才女，美女。”

“连总……”

谁在听闻生说话呢，反正连心没有听到。

“是她……啊！是她。”

连心看着这张脸，放大，清晰，瞬间的感觉击溃了他的神经。

连心从不相信自己爱上了那次青岛偶遇的女子，爱本就是一个神话，有多少经典也不过是作者无聊时编撰的故事，现代人还有几个相信爱情呢。这个让他一直记得的女子，很多时候不过是让他能暂时逃避现实而已。

可是忽然有一天做了一个梦，醒了，居然发现和你梦里纠缠的人就在眼前，那感觉是又想笑又想哭，又喜又怕，怕自己还在做梦，渴望那个人不要那么快消失。像每次梦境一样，连心不敢靠近，怕一不小心，就不见了。

“你好，连总。”柔媚的声音脆脆的，柔柔的。

连心恍若惊醒，看着她。

怎么可以连续做一个梦，连心感激老天的眷顾。

“连总，连总，连总……”闻生推他。

连心看看闻生，再看看柔媚，闭了闭眼睛再看，是她，她还在，不是梦。

“你好，我没有听清芳名，我……”

闻生唇角挂着笑，暗想连总有的时候也不老实呀！

“连总，看您的记性，柔媚，我刚刚和您讲过的，柔软的柔，妩媚的媚。”

-ß-

回到家的时候，曾玉清正在打扮自己。柔媚知道又要去那些酒色场合应酬，美其名曰为了工作。柔媚劝过一两次，见没有效果就由他去了。

“宝贝，我今晚早点回来。”浓重的烟臭忽然让柔媚难以忍受，“怎么这么多年了才发现曾玉清吸烟呢？”柔媚一边换衣服一边想。

“连总，明天下午五点的飞机，你想给嫂子买点什么？现在可以去了。”

“哦，哦。”

连心想着柔媚那冷静的脸，不知道柔媚是否还记得他。而最重要的是，这次离开就意味着又一次失去了她的消息。

连心很想再看看她，即使是远远地看一眼。

“柔媚，柔媚，柔媚……”连心坐在酒店的客房里呆呆地念着这个名字。

忽然他记起闻生无意间的一句话，公司所有高级职员都记录了电话。他冲出房间，由于惯性过大，居然撞倒了门口给客人开门的侍应生，连心连声地道歉，头也没回冲进了电梯。

回到公司的时候，只有几个文员在值班。

“连总。”

“哦。”

“你好，我，我，我想看看职员的电话，我想看看闻生的电话。”

“闻生的电话是 135********”

“哦？”

“我可以看看吗？”

“好，你看吧。”

“柔媚，英文翻译，135********”

“好，好，没错，我还以为自己记错了，谢谢你!”

“不客气，连总。”

“柔媚，135********”

回到酒店，看着电话，连心默默地念着那个号码。连心不敢把号码记录在电话上，小宛是个极精明的人，他不想给柔媚带来任何难堪。

一个号码，一个号码地按下去，然后再一个号码，一个号码地删去。

连心握着手机睡着了。

叮铃，叮铃铃……连心被手机的铃声惊醒，恍然不知身在何处。看着手机，心里的喜和怕纠结，握了握电话，电话依旧不停地响。连心把手机接通，放在耳朵上。

“连心!”

“啊！”是小宛，他的妻。

“你今天怎么没有打电话给我？”小宛质问着连心。

“我，我？我很累，睡着了。”连心辩解。

“你很累？”小宛感觉到有什么事情要发生，可是不敢确定。

“嗯，是，我是很累。”连心真的感觉很累，似乎整个人都精疲力竭。

“你在哪个酒店？”小宛拿起笔准备开始记录。

“我在广州大酒店。”

“哪个房间？”

“干吗？”连心问了一句，可是还是如实地说：“4012。”

“嗯，好了，你什么时候回来，不是说一个月吗？”小宛在纸上写下房间号码。

“明天下午三点的飞机。”

“那好，我去接你。”

“嗯。”

“那你睡吧。”

“好。”

关掉电话，连心的手满是汗。

连心在冲凉的时候，房间电话又响了，他裹着浴巾冲出来接电话，没有人说话，又喂了数声，听到电话那头挂断的声音。

小宛在电话另一头听着连心熟悉的声音，心想自己还是过于疑心了。

七

柔媚终于放下了《红楼梦》，披上大衣。曾玉清怕柔媚寂寞，给柔媚买了一部车，小小的奥拓，蓝色的，是柔媚的最爱。可是柔媚没有开过，柔媚是个车盲，即使骑单车都会摔跤，何况是开汽车。

父母也是万分担心，交代了很多次，不许独自开车。可是今天她很想放纵一次，多年的淑女，在这个让人透不过气的夜有了想发疯的感觉。自从学了车，这还是第一次。

柔媚不想在乎别人的感受了，不想再为别人的感觉禁锢自己的心，这一瞬间只想做一次真正的自己。

车开起来了，车速很快。毕竟是第一次开车，踩了油门，顾不了刹车。车像喝醉了一样，吓得其他车到处躲闪。看着人群纷乱的样子，柔媚的心慢慢安静下来。将车停到路边。

然后是警察走了过来。

“小姐，驾照。”

柔媚把自己的证件递出去。

小警察似乎松了口气，“小姐请下车，我们要检查你是否饮酒？”

柔媚忽然之间觉得很滑稽，唇角的笑渐渐浓了，然后是大声笑起来。声音很大，把自己都吓着了。

小警察似乎有点恼了，“笑什么？”

“对不起，我不是笑你，我是笑自己。”

“你有病啊！”

检测的结果是不含酒精，小警察不相信，又测了一次，还是没有。

柔媚温柔地配合着。

“没有，你可以走了。开车小心点，你刚才很危险。还有，这里不准停车。”

小警察不厌其烦地叮嘱，柔媚点点头，然后温柔地说：“对不起，给你添麻烦了。”

小警察的脸红了红。

柔媚慢慢地把车开回家，已经是11点了。

“你去哪里了？”曾玉清满口酒气地迎上来。

看着这个人，柔媚忽然觉得好陌生。

-D-

公司还没有开门，连心已经在公司不远的早餐店里了。

等了很久，人才慢慢聚拢。随着来的人越来越多，连心也惶惶然，怕自己一不小心看错了就错过了。最后闻生来了，没有柔媚的身影。

还是错过了，连心懊恼自己的眼睛，怎么到了关键的时候就失去作用了呢？

走进公司，迎面见闻生一边走一边接电话，“柔媚啊，啊？你不舒服啊！啊？好啊，你休息，工作你不用担心，嗯，好，好。”

连心听后觉得自己的腿软。

柔媚挂掉电话看了一下表，她知道连心是下午的飞机。

看着阳台上的秋千架，想着妈妈的话："玉清，你还真细心呢。这个好啊，柔媚小时候最喜欢这个。柔媚啊，你看玉清多好！你爸爸这一辈子也没有想到给我点喜欢的。"

柔媚搬出画架，放到阳台上，坐下来。对着满庭的绿，在纸上细细勾勒。蓝蓝的海，背景很远，点线间一个清晰的人，逼视着柔媚。画好后，题：某年某月于青岛《落叶思归》。

柔媚把画放好，放进画室角落的那个橱柜里，那是柔媚用来放画具的。

看看时间已经接近两点，忽然间记起连心是下午三点的飞机，她瘫软在地板上，泪扑簌簌地落。

叮，铃铃……

柔媚抓起电话，"喂，你好，我是柔媚。"

"喂，你好，请讲话！"

"喂……"

电话那头传来广播的声音：请连心先生马上登机，请连心先生马上登机。

柔媚的手几乎握不住电话。

"一路平安！"柔媚说完挂掉电话，两手抱着腿，泪水顺着腮滑落。

一路平安，她知道自己是谁，连心忽然激动得不能自已。他冲到退票处，"小姐，退票！"

"连先生，这个不可以退了，连先生，你的航班都在等你登机呢。"

"哦，知道了。"连心疲惫地应了一声，登上了飞机。

看着停机坪上数百架飞机，连心心里空空的。飞机很准时，一个小时后起飞。

连心不知道这次分开还要等多久才有机会见面。望着下面的城市，连心感觉温馨。有她的地方总是温馨的。

第五章　爱与不爱

一

“媚儿！”曾玉清看着阳台上的柔媚扬声喊道。

“嗯？”柔媚懒懒地应了一声。

“我们今天有个酒会，规定要携眷属参加。”

“嗯。”

“那你去不去？”

“嗯？我？”

“你在想什么？我和你说话都没有反应？”曾玉清明显感觉到一个月来柔媚对他的疏远。

“没什么，我在想我的画，我在构思一幅画。”柔媚低声地辩解。

“唉，还画画，还要上班，你什么时候给我生儿子？”曾玉清有点恼火。

柔媚看了一眼玉清，歉疚地说：“玉清，过两年好不好？”

“还要过两年，你看会计老陈和我们一年结婚，虽然早了几个月，可是人家的儿子都满地跑了，我的儿子还要过两年。年底我们回去的时候怎么向我妈交代啊？真是的，人家娶老婆是为了养儿子，我呢，我……”曾玉清冲到柔媚面前，气急败坏地说。

柔媚抬头看着玉清，沉默不语。

曾玉清把声音压低说：“我，我，我不就是想要一个我们自己的孩子吗？”

“你没有告诉我你娶老婆是为了什么？”

“唉，老婆，我不是这个意思！”

“那你是什么意思！”

“唉，不说了。我说你还是把工作辞了吧，我们努努力，年底也生一个大胖儿子再回去。”曾玉清讨好地说。

柔媚没有说话。

“哎，好了好了，我不说了，可是你打算迟几年啊？”

柔媚说:“给我两年时间，我把自己的事情办完就给你生儿子。”

“你还有什么事情啊？”

“我想去学画画。”

“哎，我又不指望你赚钱，你那么辛苦干什么呢？”

可是柔媚异常坚决地说:“如果你不答应，我也不答应生孩子！”

“哎，这个，这个再说好了。”曾玉清想还是要等等看的，哪有女人不喜欢生孩子的。

“哎，酒会你去不去？”

“一定要去吗？”

曾玉清点点头。

柔媚知道不可以太过分，总有一样要妥协的，也点点头。

“哎，老婆你真好！”曾玉清激动得好像一个小孩子似的，一把抱住柔媚，亲了又亲。

柔媚顺从地让他抱着，心里无限感慨，想想这些年自己真是忽略他了，也许真应该给他生个孩子了。

-13-

柔媚没有穿惯白色的礼服，很多时候白色是一种极出众的颜色，不管是什么时候，一眼看到的都是白色。这样的场合，柔媚只想做一个配角。

可是柔媚终究低估了现代人的勇敢。很多人似乎没有穿衣服，很大的胸，一耸一耸的，生怕还不够露。恨不得把自己的腰也露出来才好。

酒会的男人女人在某种意念的支配下，什么都麻痹了，看不到还有淑女。本不想做异类的柔媚却意外地成了异类，长长的淡蓝裙，细致的眉眼，美丽得让人很想看看她穿露肩衣服时的景致，可是柔媚吝啬得连臂都掩着。

“玉清，你好。”

“王总、嫂子你们好。这是柔媚，我老婆。”

“你好，柔媚。”

“柔媚，很美丽的名字。”

柔媚淡淡地笑着看王夫人，在曾玉清的嘴巴里听了太多关于这个“醋坛子”的故事。

王夫人的笑容出奇的好，“哎呀，玉清，你夫人是个大美人啊，怎么，还怕人抢啊，还藏着掖着。来，柔媚，我们去那边聊，和一堆老爷们儿有什么好玩的。”

“嗯，也好，柔媚你和嫂子去玩玩。”

“柔媚，你也是，怎么不喜欢出来呢？他们男人要看紧呢，要不把你甩了，你都不知道。”

柔媚笑笑说：“嗯，是啊，这个要问您呢，我不懂这个。”

“哎，我告诉你啊，要检查呢。哼，我家老王给我制得服服贴贴的，哼，我要是看到哪个小妖精不顺眼啊，就让他把她撵走。”忽然她回头看着和曾玉清说话的王总，“还好，是和你家玉清一起，要是其他人，早把他带坏了。”

“你去看了吗？小伍生的真是个儿子？”王总紧张地问玉清。

“是个儿子！王总，恭喜了。”

“你不要那么大声。”他回头看看和柔媚聊得很开心的老婆说。

“我也按你说的，给她买了一套房子，家具都全的，后天她就搬进去。”玉清回答着。”

“嗯，好，好，玉清，这件事情你办得好。”

“什么事情啊？让你这么高兴，玉清，也和嫂子说说。”

王夫人把柔媚送到一堆女人中间，回来看住老公。王总看着老婆的脸，不知道她听到了多少他们的谈话。

曾玉清笑笑说：“嫂子你忘记了，王总让我去拿下藤仪的案子，我已经拿下了。”

“啊，那个300多万的案子你接了？哎呀，这个是好事，老公，要给玉清加薪！”王夫人娇滴滴的口吻让曾玉清出了一身冷汗。

那眼底明明还透露着某种信息，曾玉清想起人家说起这位夫人的一些不轨，赶紧低眉顺眼地看着地下。

柔媚看着三个人的诡异，听着旁边的人谈怎么治老公的经验，冷汗一身，怎么有这么多的龌龊让她一晚看了个够。

爱情怎么看都是个笑话。想起一个月前还会流泪，心里都在笑自己痴。

-七-

一走出飞机通道，就看到小宛挥着手。小宛习惯性地先翻出连心的电话。看到电话，连心才记起给柔媚拨过一个电话，伸手就抢。

小宛查看连心的电话是她的习惯，连心一直都没有管过的，所以根本没有防备。

“你，你在干什么？”小宛忽然疯了一般地来抢电话。

连心把电话给她，不看她。

“你删掉了通话记录，你想删掉什么？”

“没有什么，是公司的一些电话，不想你去打扰人家。”

“我打扰谁了？”

“你知道你自己打扰谁了？”连心忽然厌倦了虚伪。

“我打扰谁了？你说啊，我打扰谁了？”

“小宛，这些年，你查我的电话，打电话给人家，你以为我不知道吗？”

“我，我打电话怎么了？我又没有做什么。”

连心叹息着说：“你居然还这么说？”

“是啊，我只是打个电话问一下人家，也不行啊？以前你又不说？怎么现在才说？是不是我生孩子了，丑了，没有人要了，你再说啊，你说啊。”

连心的心忽然好苦，怎么和演戏一样，而且一点新意也没有。

他转身上了公司的车。

“你……连心，你个没有良心的。”

车开走了，小宛看了看身边看热闹的人，叹了口气，叫了出租车回家了。

她最气的是女人有事情了就回娘家，留个空窝给下一个人。连心是自己多年来守护着的，怎么会轻易让人抢走。

连心怎么忽然强硬了呢？这次连心真的不同了，可是哪里不同呢？她静静地想，忽然记得昨天晚上，连心没有给自己打电话，难道他有人了？

想着他去的是广州那个花花世界，心就打鼓。

-D-

小宛知道连心是爱她的，这么多年连心甚至一句重话都没有说过她，即使小宛打电话去查他，他也没有恼过，可是今天怎么就突然恼了呢？

小宛不是一个心肠千回百转的人。晚上做好了一桌丰盛的饭菜来赔罪，看着小宛哀怨的眼神，连心心软了。终究是自己的错，她都不计较了，还有什么好计较呢？

他伸手搂住小宛，抱歉地亲了一下。

吃饭的时候，小宛突然问："你昨天晚上和谁在一起？"

连心奇怪地看着小宛，"昨天晚上？没有人啊。"

"我打你房间的电话，是个女孩子接的，我就放了，怕是你的同事，不敢吵你。"

连心苦笑，小宛就是这样，总是说些看似聪明却漏洞百出的话，可是他知道如果不解释一下，这个罪就坐实了。

"小宛，就我一个人，你不信去查查，那是个正规酒店，不可以带女人的。"

"啊，你带过？"

"没有。"

"那你怎么知道？"

连心觉得累。多年玩一个游戏，居然还玩的这么有味，他不再解释，埋头吃饭。

"怎么不说了，你带不进去，又带哪里去了？"

连心仔细看了看小宛，看得小宛直嘀咕，"看什么呢？"然后在脸上左摸右摸。

"看你脸上没有洗干净。"

“嗯？怎么会？我还化妆了呢！你看一下是不是漂亮了。”

连心赶紧欣赏地看了又看，“嗯，是呀，白了很多。”

“对啊，人家说一白遮百丑呢。哎，有没有你的那个女人白？”

连心疲倦地说：“小宛，我今天坐了几个小时的飞机，很累，明天再和你说好不好？”

“那你真的是有了？”

连心放下碗，由着她去乱想，去放水洗澡。看着保姆又不见了，知道一定是小宛把人家炒了，才几个月时间炒了四个保姆了。

“哎，连心，你真的是有女人了？你这个包里怎么多一张照片呢？”

连心笑笑，真的是个妇人，如此不知厌倦，谎话都可以成箩成筐。

再出来的时候，看到小宛呆呆地看着那幅他带回来的画。

“好看吗？”

“这个画是个女人画的，是吗？”

连心揉揉她的头发说：“别乱猜了，我也不知道，这个是人家送的。”

“可是时间怎么会那么巧合呢？”

“什么时间？”

“你看看，你去青岛的时候也是这个时间。”

“哦？是吗，我不记得了。”

“可是我记得，你说和我结婚，居然一个人去青岛，还带回了一堆沙子。”

“小宛，我真的没有，你为什么不信我呢？”

连心叹息地拥住小宛，“傻瓜，我没有骗你，这幅画真的是人家送我的。那沙子你不喜欢我就扔了它好吗？好了，不哭了，哭就不漂亮了哦，来，不哭。”

所有婚姻就好像一个土堡垒，暴风雨来的时候，瞬间瓦解。

-E-

柔媚喜欢画画不是一天两天的事了。

除了自己的积蓄，父母在柔媚出嫁的时候给了她一笔钱做嫁妆，曾玉清不要，所以也就成了柔媚的私房钱，因此学费不成问题。说要考试，柔媚当场画了一幅画，而主考居然欣喜得看着画说，你被录取了。开了当天考试当天录取的先河。

柔媚去上学的事情，是曾玉清说给柔媚父母的。父母也觉得多年来亏欠女儿。她喜欢画画，为了让她考上大学，画画成了奖赏，只要完成了规定的作业就可以画画。所以两位老人一起求曾玉清给柔媚两年的时间。

这件事情让曾玉清懂得，血什么时候都是浓于水的。一直以为柔媚的父母对自己好，其实那只是为了让自己对他们的女儿好点。

曾玉清恨柔媚上学，总是想如果柔媚是一个小学毕业生就好了。

五年的大学加研究生让曾玉清担了多少心，怕自己的新娘还没有成自己的人，就变成人家的了。直到新婚的晚上，看到床上落红，他才真的确定他娶的是一个处女。

如果不是老师家教严，曾玉清早就在婚前检查了。现在柔媚已经是个女人了，怎么才知道她是否清白呢？

一夜的煎熬，白了多少头发。

“哎，连心，你说我是不是老了呢？”

“不老，很年轻。”连心回答，眼睛却看着电脑。

他从自己公司的网络上查到了柔媚的信箱地址，给柔媚发了一封信。信写得很简单，无非是我已平安到达，祝福每天快乐之词。

连心不敢说得露骨，怕一不小心给其他同事见到。

信发一个月了，连心一天看100次，信件很多，就是没有柔媚的，怎么刷新都没有。

“哎，连心，你看我新买的衣服，好看吗？”

“好看。”连心盯着荧屏没有回头。

“你都没看怎么知道好看？”

“这里可以看到嘛！”连心指着荧屏说。

“那个看不清楚，你看我是不是胖了？”

连心回头匆匆溜一眼，“没有呢，还是那么漂亮。”

“可是小言怎么说我胖了啊？”

“没有啊。”

“我去量了，我现在有110斤了。”

连心应了一声：“嗯。”

小宛是很娇小的，忽然怎么变了一个人似的，有点不认识。

“你看我这儿的肉，都快成老母猪的肚子了。”小宛扒着自己的衣服说。

此景让连心瞬间地惊心，疑惑自己是不是老了。摸摸脸，怎么好像已经过了几十年了？

-F-

半夜的时候，连心被电话惊醒，“是连心吗？”

“大姐，是我。”

“小心。”

连心听到大姐哽咽，泣不成声。

“大姐，你说话啊！怎么了啊？是不是妈怎么了啊？大姐？”

“妈忽然昏倒了，送到医院说是脑出血。”

连心握着电话，一句话也说不出。

“连心……连心……”

“我在，姐你照顾好妈，我就回来。”

“妈妈还没有见过你的儿子，把辰辰也带回来。”

“嗯，好。”

“连心，怎么了？”小宛惺忪着睡眼问。

“妈患了脑出血。”

“啊？那得要花好多钱治呢。”

“你快点起来吧，收拾一下，我带辰辰和你回去。”

“还带辰辰啊！他那么小，现在又那么冷。”小宛探头看看外面。

“可妈还没有见过辰辰呢？”

小宛说：“别带辰辰了，我怕孩子受了魇气，在我家乡小孩子是不可以见死人的。”

“你，我妈还没死呢！”连心大声说。

小宛不敢再说话，去收拾东西。

连心心里一片混乱，所有愧疚的感觉一股脑地冲上了心头。

他给老总打电话请了假，又订飞机票。

“对不起，连先生，因为雪太大，哈尔滨的航班全部停航了。”

“什么时候才可以通航？”

“对不起，雪太大，哈尔滨的航班已经关闭三天了，暂时还没有通航的迹象。”

连心坐下来，想着母亲的一生。母亲回去四个月了，连心只是偷着汇了一点钱给母亲。在这点上小宛是个极固执的人，钱对她来说重过一切，也包括亲情。

火车还有票，可是没有卧铺了，连心想他和小宛还可以将就一下，只是苦了孩子。

车是凌晨三点的。连心叮嘱小宛，要多带一点衣服，老家的冷他是深知的。小宛一脸不情愿地收拾着，“连心，我们不要带孩子好不好？”

连心看着孩子睡着的小脸，抱着小宛，低声地说：“宛，我也心疼孩子，可是妈还没有见过孩子呢。”

可是，他还小，小宛的泪水滑落。连心拥住妻，紧紧地。

-G-

画画是个梦想，就像小孩子哭着要的糖，这么多年柔媚都没有哭着要过。

记得十来岁时看萧红的作品，父亲反对。柔媚你还小，这么深的东西你要大些才看。对柔媚来说，萧红的作品《生死场》很多时候是个梦，梦回的时候摸着自己胳膊睡，怕有人捉了自己。

南岭画院是个具有悠久历史的画院，风景优美。画院在一个独立的小岛上，四边环水，只有一条可以通过一部汽车的路，学生都是骑单车去的。柔媚是个车盲所以走路。她喜欢早早地出门，坐上一段公交车，在离小岛入口不远的地方下车。到画院十几分钟的路，柔媚可以走一个小时，老是被湖里打鱼人的背影吸引。

“媚儿，好吃吗？”曾玉清把盛好饭的碗递给柔媚。

柔媚一边低头看书，一边吃饭。

“嗯，还行。”

曾玉清上学的时候自己住，所以做了一手好饭。

曾玉清把鱼夹到了柔媚的碗里。

柔媚吃到第一口，“啊！你！你明知道我不吃鱼还给我这个。”

“很好吃的，你尝尝，我都剥好刺了。”

“不吃。”柔媚把鱼肉丢出来。

“可是你太瘦了，要不你吃这个，很补的。”曾玉清递过一块肉。

“是什么？”柔媚把碗拿在手里，看着那块肉，不知道是什么东西。

“你尝尝好不好吃？”

柔媚没有任何商量的余地：“不吃!”

“吃一口。”曾玉清把筷子递到了柔媚的面前。

“哎呀，我不吃呀! ”柔媚似乎有些不耐烦了。

曾玉清举着的手缩了回去。

吃过饭，曾玉清说：“媚儿，我送你。”

“你干吗围着我转啊! 去上班! 今天你不忙啊？”

“呵呵，一直都没有时间陪你，蜜月也是一个人过的，所以想多看看你。”

柔媚皱皱眉说：“不用。”

曾玉清一个人在房间里走了一会，还是决定回办公室。刚结婚的时候，是他没有时间陪柔媚，现在是柔媚不用他陪。

“老曾，你怎么来了，不是给你休假吗？”王总迎面走来。

“我呆不住，还是上班好。”

“怎么你夫人没有和你好好聊聊？”

“她，唉，她要去上学呢。”

“哦？还上什么学？说真的，女人懂多了不好。你听我的，看我的小伍多乖。”王总把曾玉清拉进自己的办公室给曾玉清看照片。

不管是男人还是女人，都喜欢把自己的秘密找一个人来分享，很大一部分是炫耀。看着小伍和那个出生不久的孩子，曾玉清想自己不知道什么时候能有福气——有个儿子呢。

-H-

这次是连心第二次回东北，他抬头看看坐在对面的父亲，头发白了，这次以为父亲不会回去呢。向父亲辞行的时候，父亲沉默了很久。

离开的时候，父亲说："我也去。"

连心看了看父亲，点点头。

连心小学的时候和母亲一起到北京看父亲，父亲那时是个连长。连心印象里只有暗暗的没有什么阳光的房子和父亲不是很开朗的脸。

住了几天，母亲为了连心和父亲大吵一架，带着连心回了东北。究竟是为了什么，连心记得不是很清楚。有次母亲和小宛聊天才提起，唉，你爸爸太狠心，连心小时候睡觉喜欢乱踢，他就把他的手脚绑起来再睡觉。

小学毕业的时候，连心被父亲带回了北京就再也没有回来过。母亲总是带姐姐来看他，可是他从没有听见父亲说过留母亲的话，久了也习惯了。

看着父亲年轻时英俊的照片，母亲就曾经以一种平淡的口气说："他看不上我呢。"

连心把手伸给小宛，"我抱吧。"孩子小小的脸，睡得极香甜。

连心用唇贴着孩子的额头，"不烫。"

小的时候母亲就是这样来确定连心是否健康的，连心记起母亲那粗粗的手指摸在自己额头的感觉。

"给我抱吧。"父亲忽然说。

小宛惊异地看着公公。

连心把孩子递了过去，第一次懂了父亲。

外面的雪没有停过，过了山海关就只见雪了。

“不知道去石头河子还有没有车？”连心看着父亲说。

父亲看了看外面说：“我打过电话给你王叔，他说开车来接我们。”

王叔是父亲的战友，转业后下海，生意做得不错。母亲讲，他有点钱了。

“补卧铺的同志请到3号车厢，现在有卧铺，想补卧铺的同志请到3号车厢，”广播中不断传来乘务员的声音。

“爸，我去补卧铺。”连心说。

“嗯，去吧。”

连心呆了一下，习惯了父亲的沉默，居然一时不适应父亲的温柔。

走过几个车厢发现卧铺车厢空的很多。很轻松地补了票。把父亲和小宛安顿好，连心松了一口气。虽然火车提速了，可是回去一次也要12个小时。

父亲一个人坐在靠窗的座上，眼睛望向外面，连心很熟悉这个神情。

看着外面的白雪，连心感觉似乎柔媚离他越来越远，好像一片瞬间消失的树林。

十

“媚儿，不要画了，很晚了。”曾玉清站在柔媚的旁边。

“嗯。”柔媚一边应着，一边不停地画着。那是一片很大的海，幽幽的蓝。

几天前同学去海边写生，柔媚发现，居然有人离海那么近却从不去亲近海。

海水翻滚着，浪涛汹涌，柔媚的脚趾浸在水里，很酥软。

曾玉清在柔媚身边转来转去，一会儿送水，一会儿递水果。柔媚叹口气地说：“不画了！”曾玉清开心地咧着嘴巴，柔媚由着他在身后给自己按摩着酸软的肩膀。

“玉清。”柔媚仰起的脸在灯光照映下异常美丽，玉清看着几乎痴了。

“嗯？”玉清惶惶地应着。

柔媚闭了闭眼，女人的味道愈加浓了，“明天回去一下吧？”

“回哪里？”玉清一时不知道柔媚在讲什么。

“回妈妈家。”柔媚喜欢把回娘家叫回妈妈家。

小的时候总是说，妈妈，我们回妈妈家，惹得人家笑。那你是谁家的？柔媚歪着头想着说：我是妈妈家的。大家都笑说这个孩子有趣。

其实对孩子来说哪里知道家是什么，无非就是“妈妈”的意思了。

偏偏柔媚在妈妈面前最拘谨，极少哭。小时候，不过才两三岁，母亲把哭着的柔媚关进了黑黑的房间里反省。母亲最恨柔媚哭泣，每次都叮嘱：“不准哭，妈妈最讨厌你哭。”

人的眼泪也是奇怪的，你常常哭，就会越多，你不哭就真的没有了。

后来柔媚就不爱哭了，可是说话少了，几乎是不说。上学的时候因为学习好，老师总是想给柔媚一个机会来展示自己，可是柔媚根本就不感兴趣。

柔媚最喜欢爬上父亲高高的书架，翻父亲的旧书。

“妈妈家有事情吗？”玉清喜欢学着柔媚的语气说话。第一次看见柔媚的时候，柔媚也是说，父亲在妈妈家，让玉清疑惑了很久。

“妈妈明天过生日啊！你怎么就忘记了？”

玉清恍然地想：“是哦，怎么就忘记了？其实婚前总是记得的，不论是柔媚的，还是老师的，亦或是师母的。什么时候老师和师母成了附属的了呢？”

“那我还没有买礼物呢？”柔媚抬眼看玉清，“买了，我买了，其实我们买一份就够了，可是我总觉得你和我送一样的，有点奇怪，就另买了一份。”

玉清看了柔媚很久，疑惑自己真的是走眼了，或是原本就没有看清楚柔媚这个人。没结婚以前总觉得柔媚是个普通女子，看着顺眼，领出去光鲜，可以生个漂亮儿子而已。怎么居然没有看出柔媚是个很有主见的女子，比自己想像的更有魅力。

柔媚低头不语，柔媚何尝不知道玉清在惶惑什么。母亲就曾经说：“柔媚，你不是我想像的女儿。”父母想像的女儿是什么样呢？或许就是顺从、乖巧，没有什么性格吧！其实母亲对女儿终究是爱更多一些的。

“好，那我们明天回家！”玉清兴奋地说。

那夜，玉清很少讲话，柔媚也由着他。

看着玉清的神情，恍惚见到了连心的表情。一双深沉的眼神，像要把什么都看得透透似的。那么多年来自己的心事连父母都不知道，怎么会让一个陌生人看透了呢？

其实，不过是找个影子来看自己罢了，这样才不会显得太孤单了。

第七章　两条平行线

一

人和人之间本就是两条线，交错亦或分开。

连心看着外面的雪，再看看妻子熟睡的脸，心底悱恻，似乎有柔媚的模样。

下车的时候，才发现低估了北方寒冷的威力。连心把孩子裹得紧紧密密的，用个毛毯背在身上。小宛一下车就发现穿少了，忙不迭地取出连心逼着让他带的大衣。

他们在哈尔滨转车，经过两个小时的颠簸在一个小城下车。王叔叔就在那里等着，会合后直接赶往目的地——石头河子。

回到家的时候已经晚上十点多了。夜，黑得让人心惊，小山村安静地睡着了，若是有人家亮着灯便成了远归人的灯塔。

一家人听到汽车的声音都高兴了，大人孩子都跑出来。最开心的莫过于孩子，兴奋地就像过节似的，跑来跑去。

连心只看到了舅舅和舅妈，是大姐特意把他们留下的。炕很暖，连心的心很冷。母亲在很远的县城医院，依然昏迷。舅舅安慰着连心，“回来就好，回来就好。”

舅妈反而没有说什么，只是默默递了一杯热水给父亲。连心不经意间见到父亲有些拘谨的脸。

三天后母亲去世，没看见连心，也没有见到连心的儿子辰辰。

回北京的时候家里人都来送，没见到舅妈，舅舅说她病了。连心感觉父亲回来一次老了很多，人也失去了往日的精神。

连心给母亲祭了坟。远远望去，旷野上的树突兀而真实。连心第一次认真地想，时间就是一盘磨，把人的所有情感磨得不见了影。那个心头的人成了最后一点火焰，他苦苦抓着，怕失去了就一无所有。

回到北京，父亲病了，人憔悴得可怕，不久也追随母亲去了。父亲去了不久，舅妈也走了。

连心一年里连续遭受痛失亲人的打击，整个人失去了生气，很多时候看着都像一个影。他最喜欢做的事情就是把画打开看着海出神，小宛怕自己失去了连心，劝他休假去青岛玩。

听到青岛，连心似乎有了些感觉，眼里似乎有了神。小宛总觉得青岛某些时候是连心的一个梦。

再去青岛的时候是一家人一起去的。

小宛带着孩子跑在海滩上，孩子已经在学步了。

连心看着沙滩上跑着的孩子出神。

"您好，请问柔媚在吗？"

"你好，我就是。"柔媚放下画笔，一边看着画一边接着电话。

"恭喜您，您的画作《海魂》获得了金彩奖。"

柔媚握着电话的手微微抖着，定了一下神说："谢谢！"

您得奖的作品下个月3号将在北京的中国美术馆展出。下个月1号举行颁奖，请于27号飞抵北京，有人接机。

"好。"柔媚挂掉电话的时候思维是静止的。

"柔媚，你的画得奖了？"玉清有点奇怪地问柔媚。

"嗯。"柔媚静静地应一声，手里的画笔没有停下。

玉清一屁股坐在床上，"唉。"

柔媚抬头瞄了他一眼，"怎么了？"

"你出名了怎么还肯给我生儿子？"

柔媚侧头想了想说，"那你的意思是不用我给你生了？"

“你还肯吗？”玉清跳起来追问。

柔媚没说话。

当夫妻之间没有了共同追求的时候就如两条平行线，一样没有了交叉点。

-13-

“中国美术馆有这届大赛的展览呀？”

“嗯？什么时候？”

“我看看，下个月3号。”

“那不是还有一个星期吗？”连心坐在海滩的太阳椅上，听着旁边的两个人闲聊。

“这届是谁得奖了？”

“我看一下，是个新人，叫……柔媚。”

“嗯？”

连心也惊了一下，侧头见两个年轻的女孩子，其中一个手里拿了一张报纸。

“是叫柔媚，你看是这两个字，奇怪，怎么会有人姓这个姓的。”连心侧头看了一下，是《青岛晚报》。他记得自己的房间里也有一张，起身就走。

“哎，连心你去哪里？”不远的小宛大声喊。

连心回头说：“去房间。”

他推开房门，在房间里找报纸。没有，再找还是没有，连心沮丧地坐下。

他跑到阳台看下面那两个女孩子，居然一个都不见了。

走出房间，问服务台小姐：“小姐，今天是谁整理了我的房间？”

“先生，你是哪个房间的？”

“我是4012的。”

“我看一下，哦，是小陈，你有什么事情吗？”

“哦，我的房间有份报纸，没有了。”

“什么报纸？”

“《青岛晚报》。”

“哦，这个，还好，我这里有，我拿给你。”

接过报纸，连心一迭声地说：“谢谢。”

“连心，你刚才找什么？”小宛拖着辰辰的手回来了。

“没什么，找一份报纸。”

“报纸？奇怪，你什么时候喜欢看报纸了？”小宛疑惑地看着他。

连心低头看报纸不说话。

“本报讯：由中国文联、中国美协举办的全国书画作品金彩奖评奖日前揭晓，广州南岭画院的柔媚获得一等奖……全部获奖和入选的作品将在中国美术馆展出，时间是下月三日。颁奖典礼将于下月一日举行。”

“哎，连心，我和你说话呢！你在干什么？”

连心抬头看着小宛，“我们回北京！”

“啊！才来就回去？”

“我有事，明天回去。”

“柔媚你一个人去北京行不行啊？”母亲的眼里满是担忧的神色。

柔媚搂搂母亲，然后把母亲交给父亲说：“爸爸，我把妈妈交给您了，看好了，千万别让她掉太多眼泪哦。”

父亲点点头，感觉柔媚阳光了许多，忽然想到也许他们从前让柔媚走了一条错路。

父母总是主观地为孩子选一条路，但这条路是否适合孩子就不管了，以为那就是爱。

“玉清怎么总是那么忙啊？这么重要的事情也不来一下。”母亲看看父亲，父亲没有作声。

柔媚笑了笑，再抱抱母亲，抱抱父亲。

“哎，你说玉清和柔媚是不是吵架了，怎么老是对柔媚不管不问的，蜜月也是，这么重要的事情也是。”母亲嘟囔着问父亲。

“玉清不是那种人！”

“哎，看着媚儿一个人去北京，我真是不放心。”

飞机起飞了，父母还看着。孩子大了，总是要飞的。可是对父母来说，孩子就是一生惟一的希望。

坐在飞机上，柔媚记起去青岛也是坐飞机去的，那时是什么时候呢？

一时竟记不得了。

很多时候人的记忆好像一个匣子，你把所有的东西都存进去，而想要找一样东西的时候，却想不起来放哪里了。

有些记忆却是复制了几千遍的老歌，总有人会记得。

临行前，恰好是小纹结婚的日子，柔媚去了。人是见到了，一团的喜气。新郎看上去极精明，精明到和人家计较着水果钱算多了。

“小纹，恭喜你！”人都是这样，每次人家结婚的时候总是要恭喜的，怕自己说了什么不吉利的话，把人得罪了。

“柔媚，我听同学说了，你的画得奖了，有多少奖金？”小纹殷勤地问。柔媚迟疑了一下，人是会变的，可是居然变得这么功利。柔媚没有问小纹自己有没有变，想来也是变了，记忆里那个喜欢听海的精灵似乎渐渐沉沦了。

离开公司的时候，柔媚收到了连心的短信，看完便删掉了。

曾玉清忙完了手里的事情，看看表，知道柔媚的飞机已经起飞了，才渐渐安静下来。曾玉清有个感觉，这次柔媚去北京了，就不会给他生儿子了。

昨天母亲又打电话给他，问的还是柔媚是不是有了，要不怎么不回来，要是有了就不要回来了，母亲来这里陪她。曾玉清支吾过去了，可他知道这件事情是躲不过的。

“哎，玉清，在想老婆了吧？说好这些事情我来做，你去送老婆，你不肯。”王总推开了曾玉清的门。

曾玉清笑笑，又忙了起来，怕是停下来让人证实了他和柔媚有什么不妥。

“哎，给你看看。”

“嗯？好！”曾玉清知道王总一定又是看上哪个美女了，小伍的新鲜早就过去了，儿子也成了旧的故事。

照片上的女子很美，长得极好，居然有柔媚的风采。

“很漂亮啊，王总好眼力。”照例是要恭维的，然后要问怎么得到的，女子怎么样。

“这是个学生，还是处女呢！呵呵，让我摆平了。哎，还是处女好，真是紧……”王总极喜欢处女，一年里总要花钱糟蹋几个。

曾玉清虚应着，他是个明白事理的人，这时候是不可以发表任何意见的。

柔媚就曾经说过，最恨他和那些污糟的人同流合污。曾玉清何尝不知，可是人都是要往上爬的，有的时候总是要做些牺牲。

曾玉清听着王总哇啦哇啦地讲述自己的艳史。

曾玉清想起了王夫人暧昧的脸。再想他们夫妻二人都以为自己是得到了好处，以为各自比别人幸福，其实不知道在得到的时候也同时失去了自己的另一部分。

忙到不能再晚了才回去，工作是有乐趣的，可是终究还是有闲的时候。长夜的寂寞忽然变得真实，曾玉清看着照片里柔媚盈盈的笑脸，想柔媚在做什么。

叮，叮叮……电话忽然响起。

曾玉清看了一下，是王夫人，一时之间确定不了自己是接还是不接。想着她暧昧的脸，玉清意识到她的意思，可是自己需要与她苟合吗？对自己有什么好处又有什么坏处呢？

曾玉清并不是个坐怀不乱的君子，只是比较计较，计较有些人和事是否对他有好处。对于王夫人，他知道短期是有好处的，可是长远利益就谈不上了。

曾玉清不知道自己是否太攻于心计，才会发生这种事情。

有些事情人都以为自己不在意，其实在以为不在意的时候已经在意了。真的不在意，哪里会想那么多呢？

铃声响了一下子就不响了，看着电话，曾玉清深深地松了口气。

人都是这样的，很多时候送上来了就不敢要了，没送上来的时候总是左思右想的。

回公司销假的时候，看见连心的人都说他黑了，健康了。

连心打电话询问画展典礼的情况。“对，是的，先生，是下个月1号。”

“售票吗？”

“对不起，这个活动是不售票的。”

“中国美术馆那边是几号？”

“3号，这是可以随便去的。如果买了画，画家可以签名。”

时间突然变长了，数了数日子居然还有一个星期。柔媚应该来北京了吧，可是会住在哪里呢？

他忽然想起以前有个朋友很了解画界的事情，可是怎么打听呢？

起了床，柔媚推开房间的窗。

这个房间是美协订的，这次获奖人员都住在这个酒店里。其他人都彼此很熟悉，老早就已经串来串去的找人了。柔媚是新人，新人应该是什么样子，柔媚不懂，但至少知道要去拜访拜访老人的。可是一个女子，主动去见人家，总是有点暧昧的，索性就顺其自然了。

顺着酒店的中廊走出去，是个小小的庭院。

“你好，我想问一下去3号楼怎么走？”柔媚听到背后有人问路。

3号楼？柔媚记起自己住的就是3号楼。柔媚想，不知道又是哪个画家慕名而来，住了才一天，就有几个慕名而来的爱好者登门造访。

回头看了一眼，再回头，再看看……

刚好看见连心转过头来。连心停在那里，柔媚也僵在那里。在连心的眼里，柔媚立在庭院前，颇有一种落花人独立的韵味。

慢慢走上去，连心不知道柔媚会做什么，是惊跑，还是和自己寒暄。连心不知道自己是一步一步走向快乐，还是一步一步走向罪恶。

柔媚低了头，没有看连心。

有的时候做出一个决定是件辛苦的事情，尤其是感情。

站在她的面前，连心也是说不出一句话!

柔媚抬头看着连心，目光柔和而快乐。

“我们去那边坐坐吧？”柔媚意识到这样站着不好，让人看见了容易猜疑。

“好。”连心刻意地退后了一步，随柔媚走进酒店的咖啡厅。

连心伸手为柔媚推门，在后面轻轻把门放开，然后为她拉椅子。柔媚坐下来，他才坐下。

忽然，柔媚笑了，连心惊异地看着她。

“怎么小心翼翼的？”柔媚笑问。

连心心情好了起来，然后打趣地说：“怕你飞了。”

柔媚记得自己总是要飞的，沉默不语。

连心也意识到自己说错了话，一时找不到补救的理由。

“怎么找来的？”柔媚看了一眼窘红着脸的连心问。

“问了一个朋友。”

“哦。”

“两位用点什么？”过来一位服务小姐问。

柔媚看看连心，连心看看柔媚说：“想吃什么？”

柔媚对服务小姐说：“我刚刚吃了早餐，你帮我拿一杯热咖啡好了。”

“好，先生，你呢？”

“我，我也要一杯咖啡。”

“好。”服务小姐很快送来两杯咖啡。

柔媚用手握着咖啡杯，烫烫的。记起第一次遇见连心的时候自己也是烫烫的身体，就这么让连心抱着，忽然脸上红了红。

连心看着柔媚娇羞的脸，浮想联翩。

-三-

小宛这些天总觉得自己心神不定，好像有什么事情要发生似的。

小宛就是这种女人，对有些事情迷糊得很，而有些事情又精明得过了头。自从连心从广东回来，小宛就落下这个心病。可是连心按时上下班挺正常，就是公司有应酬也没有丢下她。可这几天右眼皮就是跳。

俗话讲，“左眼跳财，右眼跳灾。”不知道是什么灾。

小宛想起天桥老是有卦摊，就抱着孩子去了。刚要上车就听见有人叫她，“小宛!”小宛回头，是军区大院一起长大的小伙伴。

可是一时想不起叫什么了，小时候老是看着他的鼻涕拖得老长，现在居然帅了，时髦了。“哎，真是你！怎么，你去哪？”

“哎呀，看不出来了，你发财了？”小宛看看他身后的车子，一边想着这个孩子的一些往事，想想都想笑。

“哪啊，随便做点生意。小宛，你行啊！也学着时尚了。我昨天看见你和连心喝咖啡了。哎，不说了，有人叫我，我先走了。”

“哎，你等等，你在哪里看见我了？”

还没说完人都不见了，可是小宛知道一定是连心和哪个女的喝咖啡让他看见了。是谁呢？想到这里，小宛心突突地跳。

大大小小的卦摊，看着人都黑黢黢的不见仙风道骨。记得小时候母亲带她去看老先生，老先生握着她细白的手指说，“你家小姑娘一脸富贵，一生衣食无忧。”

对母亲来说，女儿家有吃有穿就好。所以她听了先生的话，满意得多付了五角钱。

怎么就没见着一个看着顺眼的呢!

无奈找了一个老的，站在摊前问：“问一卦多少钱？”

“十块。”老头仰着脸堆满了笑。

“啊！这么贵啊，不看！”

换了一个摊问：“看一卦多少钱？”

“小姐，你先看啊，看得不准不要钱。”

“看的准呢？”

“那你看着给。”

“一块钱也行？”

“行，你不给也成。”

“那好，我就看一卦。”小宛抱着孩子坐下来。

“小姐，你好年轻哦，这个是你的小孩？”

“是啊，你看怎么样？”

“我看一下，真有福气，你看这个小脸，多有福气啊，以后肯定有大出息的。”

“真的？”小宛现在才发现儿子真是长得很好。

“可不，你看这眉毛长过外眼角，这就是富贵之相，这小小年纪眉间已有皱纹，这个是典型的领导的面相啊！”

小宛仔细地看着，“是啊，是啊，我和他爸爸说，他还不信。”

“他爸爸不信？”

“那就奇怪了，哪有爸爸不信自己的孩子是有福气的呢？看你就知道他爸爸是很爱你的了。”

“是啊，他爸爸对我们是很好的，又忠心，人也能干，现在是公司的副总呢。”

“嗯，那就是了，我看你啊，就是个旺夫的。”

“可不，小时候我妈妈就给我算了，说我旺夫呢。”

“嗯，对对。不过，他爸爸人太好，所以可能就有女人对他好。”

“唉，我就是担心这个，你知道吗？我今天一天都心神不宁的，这右眼皮总是跳。”

“小姐，看你那么有福气，是不用担心的。可是要小心，你先生他今年有桃花运哦。”

“啊，这是真的？”

“是啊，你看啊，你的手心就显示出来了。”

“哎呀，真厉害，你在我的手上也可以看出我先生的事情啊？”

“是啊，你的右手就是你的事情，你的左手就是你先生的事情。”

“那你好好帮我看看，我先生的桃花运厉害不？”

“这个不好说。”

“为什么不好说啊？”

“唉，要泄露天机啊，我的寿命要短几年呢，我不可以说那么多。”

小宛急忙说：“你帮我说说，我可以多给你一点钱。”

“唉，这个……”

小宛忽然明白他是要钱，不情愿地说：“多少钱？”

算命的说：“你看着给了，其实我要是说了，恐怕我的命都没有了。

小宛把钱包打开，从里面抽出一张两元钱说：“这个够不够？”

算命的说：“小姐，你还是另请高明吧。”

可是小宛现在固执地认为这个人很高明，所以狠狠心抽出一张五元的说：“我多加五元，你告诉我吧！”

算命的还是摇摇头。

小宛失望地看着他，只好把钱放进钱包，抱起孩子。

算命的说：“小姐，你先生会有一场大灾！”

小宛惊异地说：“是什么？”

“我言尽于此，你走吧。”

“先生……先生……”

小宛看着钱包，拿出了一张100元的说：“这个总可以了吧？”

算命的睁开眼，收了钱，眉开眼笑地说：“小姐你坐好，我给你讲清楚……”

小宛哪里还听得进去，心疼自己钱的感觉超过了担心连心。

迷糊着回到家，看着保姆，满眼的恨。一句话不顺，就又把人家撵走了。

小宛想着算命先生说连心有桃花运，心里就是一阵心惊，不时联想起那些牌友的话说，“唉，你看人家小宛的命多好，老公也好。”“可不是，不过我听说他有了一个女人呢。”

小宛坐不住了，这个家对小宛太重要了，没有人能把它破坏掉。

连心，你要是有了女人就对不起我了，我不会让你称心如意的。

坐了一个上午，连心和柔媚说的话是有限的，很多时候只是深深地看着她。柔媚也习惯了他的注视，大多时候是在沉思。

连心忽然打了一个喷嚏。

“嗯？你感冒了？”柔媚印象很深，初次见到他的时候自己在感冒。

连心摇摇头，只是觉得背部有点凉凉的。

“感冒就回去吧，太晚了。”柔媚淡淡地说。

连心舍不得地说：“我明天来看你。”

“明天，”柔媚想了想安排的活动程序表，似乎是没有什么事情，就点点头。

回去的时候，连心忽然记起自己要问的一件事情，“柔媚，你认识一个叫‘落叶思归’的吗？也是画画的。”

柔媚笑笑说：“那是我游戏的时候喜欢用的名字。”

连心终于明白自己为什么那么喜欢那幅画，可见冥冥中是有个主宰的。

-干-

又一次遇到柔媚，连心激动的心膨胀得几乎不能自已。这一夜连心失眠了。

“你来了!”连心看着柔媚的脸，眉宇间闪烁的都是快乐的神情。

“今天你不忙吗？”想着昨天他坐了不久，电话就不停地响，柔媚轻声地问。

“不忙，看，柔媚，我给你买的，喜欢吗？”

难怪看见他进来时，手一直藏在后面。居然是蝴蝶兰，很美丽的一束，映着柔媚娇柔的脸，“谢谢你！”

“叮……”柔媚拿起电话。

“喂？妈妈，嗯，是我。呵呵，是吗？我怎么不记得了。嗯，不买了，没见到有蛋糕店。嗯，一个人，喝咖啡。嗯，没事，我回去你给我补就好了嘛。那好，嗯，拜拜。”

连心细心地看着她说：“柔媚，你妈妈让你买蛋糕？”

柔媚笑笑说：“今天是我生日，我居然都忘记了。”

“啊！那我们不在这个地方了。”

“去哪里？”

“和我来！”

连心帮柔媚穿好大衣，推门出去。

这一刻柔媚愿和连心到天涯海角。

连心的开车技术很好，柔媚舒服地坐着。看着连心开车的神情，想着自己第一次开车的经历，柔媚温柔地笑了。

连心侧头看了看柔媚，伸手拉她的手。柔媚没有拒绝，任他握着。

车一直开往香山公园，连心知道有家很有名的点心店在那里。他掏出电话查到香山饭店的电话，预定了生日餐。

赶到香山的时候柔媚的电话又响了，是曾玉清，“媚儿，很想你。”

柔媚听着，很久才说：“知道了。”

连心静静地看着柔媚的表情，远山的树，风的影，美丽的柔媚，令他忽然恨起时间来。

“柔媚小姐，你好。”

柔媚抬头，看见的是要采访自己的严记者。忽然慌乱，让严记者抓了机会，拍了一张连心的正脸。

“不要拍！”柔媚恼了。

“柔媚小姐，你能接受我们的采访了，是吗？”

柔媚最恨人家的逼迫，“可是……好，你把底片给我，我接受采访。”

严记者笑说：“那我们约个时间，就下午好不好？”

“你什么时候还给我底片？”

严记者回头看看一脸冷静的连心说：“这位先生并不在乎，柔媚小姐，你太介意了吧。”

连心忽然对柔媚说：“我觉得你可以报警。”

柔媚看着连心淡淡的表情，心情渐渐平静了，不过是普通的两个人，就算给他拍了照片又能怎么样呢？

柔媚看着连心，笑笑，“只是你白白担了虚名。”

连心也笑笑，知道柔媚想通了。

“柔媚小姐，你真的不在乎？”其实，世界上的女子有几个会不在乎自己的名节，何况是一个刚刚走红的画界新秀。

“我才不在乎跟你有什么关系！你能向我保证什么呢？”

连心说：“柔媚，我送你回去。”

“嗯。”看着两人扬长而去，留下严记者一个人发恨。

连心送回了柔媚，没有回公司，直接回家。昨天他回去的时候就发现了小宛有点不对，面色冷冷的，而且说话的时候也明显带着刺。可是他太快乐了，失去了安慰她的耐心，就算是她冷漠的表情里透着疑惑，他也当成激励了自己。

想着柔媚，想着柔媚的好，连心本能地把两个女人放在心里比较。

忽然又觉得自己冒犯柔媚了，想着那个严记者的话。虽然知道是个麻烦，可是也想他或许不会将照片发出去。柔媚并不是个红透的名人，而自己更是个小人物，这个城市里还有更刺激的新闻。

第七章 真相的力量

一

小宛对着镜子细细地化妆，连心到家的时候，小宛一身淡雅的紫，配上略微发胖的身材，看上去还是很齐整。似乎是一块石头，你看久了，突然看到了闪着光。连心愣了一下。

"小宛，你去哪里？"

"同学聚会。"小宛没看连心。

"没听你说过，怎么突然聚会了？"

小宛回头看着他："嗯？我没有说？"

连心不敢接话。

小宛出门之前刻意地看了一眼连心，看他疑惑的表情，心里解气。出门便叫了一辆出租车，直奔北京饭店。

到了饭店门口下了车，小宛有点迟疑了，要不要进去呢？只不过是存心想让连心担心一下子而已。自从毕业，小宛一心守护着连心，怕自己一眼没照顾到让人家抢去了。

走进饭店，小宛居然发现自己没有地方去。想了想还是拐出饭店，去逛商场了。小宛是极喜爱新衣服的人。

连心坐了一会儿，辰辰跑过来抱住他的腿，保姆站在后面说"先生我来抱吧。"连心看了看保姆的脸说："不要叫我先生，叫我连心。"

保姆笑笑，"好。"

连心把孩子给了保姆进了书房，对面是柔媚的那幅《落叶思归》，可是他却无心观赏，心绪烦乱。

3号楼早就忙成了一团，柔媚一个人静静地坐在房间里。这次来北京，不在柔媚的计划之内，可是组委会要求一定由画家本人来领奖。书画本来就是高雅的艺术，美协希望通过这次活动一振国画之威。

大家几乎把柔媚忘记了，不管是多大的人物离开了群众都成了空架子。柔媚在别人的眼里就是一幅画，在需要的时候摆出来，不需要的时候收起来。

颁奖那天，热闹非凡，你方唱罢我登场。总是要有那么几个人讲讲繁荣，讲讲兴旺，讲讲昌盛。总是有那么几个人要谢谢这个，谢谢那个，即使是平时没有见过的人也成了感谢的对象。

柔媚登台的时候，对着闪光灯，柔媚只是笑笑，只说了一句话："谢谢大家捧场。"

下台的时候，柔媚看到严记者在朝她笑，柔媚忽然觉得脊骨冰凉。

接下来的酒会更加重要，来了很多电视上熟悉的面孔。一位领导走到柔媚的面前，仔细看了看，回头对美协一位副会长说："柔媚同志画画得好，人也漂亮，真是难得。"

柔媚谦虚地笑笑，"您客气了。"

"呵呵，你的画我看过呢，很喜欢，有没有卖掉啊？我买了，怎么样啊？"

"您真会开玩笑，柔媚还说献给您呢，哪里还要您买！"副会长赶紧巴结着，柔媚却低头不语。

柔媚一时插不上话，只是站着。领导批评副会长说："要尊重画家本人的意愿哦，你怎么就做主了呢？那不是盲婚盲嫁吗？"

柔媚淡淡地笑笑，说：“您客气了。”

领导看了一眼柔媚又说：“柔媚小姐是从小就学画画？”

柔媚点点头。

“回头要向你请教哦，我也喜欢画画，尤其擅长画竹。”

“您的画那才叫好呢。”副会长侧头对领导说，“颇有板桥先生的风骨。”

“哪里哪里，哈哈……”

人就是这样的，很多时候大家都看不到出彩之处，总有那么一两个人点拨一下就见着风采了。所有美协的，获奖的，其他参会的，忙不迭地认识柔媚。柔媚的脸上总是淡淡地笑，让人以为她高兴傻了。

-13-

曾玉清疑惑地看了看后面，感觉老是有人跟踪他，可是又想不出个所以然来。柔媚去北京快一个星期了，每次打电话给她没说几句话就挂掉了。晚上柔媚又习惯画画，怕打扰了她，他真的很想她了。

以前老是觉得柔媚是他养的一只小鸟，没有飞翔的本事。可是突然看到柔媚飞起来，心里就惶惶地。

严记者看着洗出来的照片，那是他托广东的同学私拍的。照片上的人就是曾玉清，他发现没有任何迹象表明这个男人背着老婆与其他女人有染。

严记者放下照片，他知道时机还不成熟。

“就让那对狗男女猖狂几天。”他恨恨地想。

“叮铃铃……”曾玉清看看电话，是柔媚。他欣喜地接通电话，“媚儿。”

柔媚的声音一惯平静，“你还好吗？”

“我很好！你呢？有没有多穿一点衣服，有没有不舒服，有没有……”

“我很好。”柔媚淡淡地说，“好了，不说了，我出去了。”

“嗯，好，你忙，媚儿，我想你。”

柔媚没有说话，听了一会儿就挂了。曾玉清的心情突然好起来，认识柔媚八九年了，这次是柔媚第一次主动打电话给他。

曾玉清期盼着柔媚早点回来。柔媚走的时候他总是因为莫名的原因和她赌气，现在却格外想见到她。忽然想，我去接她，她一定高兴。一想到这么多年都没有陪过柔媚，刚好趁此机会陪柔媚逛逛北京。虽然经常去北京出差，可是认真逛的时候几乎没有。想到这里心都飞了，曾玉清决定给柔媚一个惊喜。

他还特意叮嘱柔媚的父母不要告诉她。

柔媚挂掉电话对美协副会长和领导说：“我先生来北京了，我要去机场接他。”

领导愕然地说：“柔媚小姐结婚了？我还真没有看出来呢。你忙，你忙。”

看着柔媚消失的身影，领导半天才回过头：“可惜了。”

副会长微笑着说：“结婚又能怎么样？”

走出酒店，柔媚迅速叫了一辆出租车离开。

“柔媚……怎么不说话？”连心接通电话。

柔媚握了握电话，说：“没事，我不过是想听听你的声音而已。”

连心语气柔软地说：“我想你。”

柔媚挂掉电话，看着桥下的车流，心沉沉地。

“怎么了，柔媚小姐，要在下效劳吗？”回头看见严记者嬉笑的脸，“你可不能想不开啊，你先生可对你一往情深！”

“我先生？你做了什么？”

“呵呵，我只不过看看你先生有没有背地里做些对不起你的事情而已。”

“卑鄙！”

严记者微笑着说：“真不错，老婆偷情，老公居然还那么忠贞，少见。”

“你到底想干什么？”

“我不想干什么，我只是想让你接受我的采访而已。”

“做梦！”

严记者冷冷地说：“你等着瞧！”

柔媚下桥，拦车离去。

人的意志和情感都会因为世俗和人的偏见所施予的压力而逐渐脆弱，就算你有钢铁般的意志也会逐渐消融。

“柔媚，你好。”

“会长好，有事情吗？”

“你先生呢？”他左右看了一下，要确定柔媚说的是不是谎言。

柔媚放下画笔从容地说：“他来是做公事的，没有来这里，我晚上去和他吃饭。”

“哦，嗯——柔媚，那幅画你考虑好了吗？什么时候送过去？”

“会长，这幅画我已经把它捐献了。”

“那好啊，好啊……”

“我捐献给中华慈善总会了，拍卖的款项用于救助失学儿童。”

“啊！这个，这个是什么时候的事情？”

“在我画这幅画的时候就已经和慈善总会讲好了，并且约定如果这幅画获奖即刻就拍卖，你看这是捐赠证书。”

“你！唉，这个也是爱心嘛，哈哈哈哈……”

“那，你要不要去教领导画画？”

柔媚淡淡地笑笑说：“我先生来了，我还要陪他，可以叫他一起去吗？”

“这个，当然可以，可以。好，你忙，你忙。”

一直把副会长送出去，关好了门，柔媚就开始收拾自己的行李。她已经订好了返程的机票。

“叮……铃铃。”

“媚儿……我来了。”

“嗯？你在哪里？”

“我在你住的酒店大堂里。”

忽然柔媚软软地坐下来，一颗紧张的心平静下来。“我就下来。”

她冲下大堂，看着正在办手续的曾玉清，心里有种难言的痛涌上心头。玉清伸手，柔媚扑到他怀里，忽然觉得很温暖。

-亡-

连心在家里焦虑地等着小宛，看着时钟一分一秒地接近10点，这种感觉是他从没有过的。很多年来，连心习惯了等小宛，但每次他都知道小宛在哪里，可是回头看小宛真的不在，心里好像有个缺口，忽然很寂寞。

打电话总是不在服务区，心想明天要给小宛换一部新电话了，这一部也许太旧了。

出门前小宛将手机电池卸掉，只要不关机卸掉电池对方电话的提示音永远是：你所拨的电话不在服务区。

一个下午她逛了几家商场，累了就去吃东西、休息，然后继续逛。

可是现在已经10点了，她想家，想儿子，想老公，想得没有一点怨气。这时即使看到连心和别的女人在一起，小宛都会容忍。

迎面走来了一对男女，男人高大稳重，女人娇媚温柔，看上去似乎都恩爱到骨子里。

“冷吗？”男人温柔地问。

女人抬头看看小宛，然后刻意把身体拉开一点。

男人又靠近一点说：“来，我抱着你。”

女人羞红着脸，低声说：“别这样，这是在路上。”

“怕什么，我是你老公。”

这对夫妻过去了，小宛一动不动地看着他们，那女人也回头看看她，温柔地笑笑，让小宛感觉很暖。

小宛想连心了，她装上电池，电话即刻响起。

“小宛？”

“嗯。”

“你在哪里？怎么这么晚还不回来？”

小宛笑笑，温柔地说:“现在就回去。”

“你在哪里？我去接你。”

“我在新新百货。”

“嗯？你不是同学聚会吗？怎么又去百货了？”

小宛一惊，然后安慰说：“我就在新新百货旁边的新人家酒楼嘛，刚走出来，想叫车，你就打电话了。”

“好，你在百货商场里等我，我接你。”

“嗯。”

连心挂掉电话，开车的时候电话响了：“连先生。”

“你是谁？”

“呵呵，你真是贵人多忘事，我是那个看到你和柔媚小姐吃饭的人啊。”

连心呆了呆。

“你想干什么？”

“哈哈哈，你们可真是绝配，都问我想干什么。我一个记者，我能干什么呢？”

“老实告诉你，柔媚小姐已经答应我了，一会就来和我上床。”

“哈哈哈……”

“你!”

咔嚓，收线。

连心坐在车上，手颤抖着拨柔媚的电话。可是拨不通，再拨还是不通，他疯了般拨个不停。

而另一边，柔媚趁着曾玉清去洗手间的时候拨电话给连心，想叮嘱他不要打她的电话，却怎么也打不通。

“媚儿，你在给谁打电话？”

“没有。”柔媚不动声色地把电话关机了。

连心再拨，电话关机了，连心绝望地把手机扔到了座位上。

“叮，叮铃铃……”连心迅速拿起电话，看到是小宛的号码，才记起自己要做的事情，赶紧发动车子。可是心里还是想着柔媚，痛苦得几乎要崩溃了。

路不远，可赶到新新百货足足用了一个小时。

“怎么那么久？”小宛抱怨着上了车。

连心没有说话，只是一路开车。

“你怎么了？”

“没什么。”

“还说没什么，你看你的脸色，你给谁看呢？是我叫你来接我了吗？”

连心悲苦地看着小宛，忽然说：“小宛，不要逼我。”

小宛吓坏了。小宛和他一起长大，从没有看到过他这个样子，近乎疯狂。

“媚儿，你在想什么？”

柔媚懒懒地说：“没有。”

“睡吧。”曾玉清暗示着柔媚。

柔媚顺手关了灯，心里静静地疼。

“媚儿，媚儿，我的媚儿。”

曾玉清睡的时候，柔媚悄悄起床，走到阳台上，打开手机，调好震动，放在身边。

没到十分钟，电话响了。“柔媚，你在哪里？我要见你。”连心痛苦地说。

柔媚看看熟睡的曾玉清，说：“好，我在咖啡厅等你。”

挂掉电话，柔媚换了一身简单的休闲装，走出房间。

柔媚想不出，为什么连心忽然变得如此疯狂，只是两天没见面而已。

想到这儿，柔媚的嘴角含着笑，笑他的孩子气。

“柔媚。”连心一下车，冲出来就抱住柔媚。这一瞬间闪光灯一闪，连心和柔媚都惊呆了。

可是连心还是抱住她不放，“傻瓜，你怎么答应，你怎么答应，我们去报警。”

“连心，你放手，连心，你先放手。”柔媚想起了那个严记者。

连心还是紧紧地抱着她不放。

柔媚疲倦地说：“连心，我不知道你在说什么？我答应了什么？”

“你怎么了？”

连心大声地说：“我都知道了，我……我恨……”

柔媚温柔地说：“连心，他也刚来。”

“啊……”连心忽然对天大声地叫。

柔媚的泪水忽然流了下来，“傻瓜，我和他离婚就是了。”

连心说：“你和他离婚？”

“嗯，我答应你，我和他离婚。”

连心推开柔媚，细看柔媚的泪眼，冷静下来说：“你今晚没和他一起？”

柔媚点点头。

连心想到自己中计了。

再回头的时候看见了小宛，头好像被什么击中了一样，基本失去了反应能力。

柔媚忽然觉得晕了，身体一软，倒了下去，连心几乎是下意识地抱住了她。

“你……”

“连心，你去死吧。”小宛悲愤地说。冲上来，就推搡连心，连心护着柔媚，用身体挡着小宛的撞击。

没想到小宛如此疯狂，他已挡不住小宛的撞击，便与小宛、柔媚一起倒在地上。

这时，连心看到了一个男人冲过来，把柔媚横着抱起，不屑看他们一眼，转身抱着柔媚就走。

“你，你是谁？”

那男人骄傲地说：“我是她男人！”

-E-

柔媚没有说话，曾玉清坐在沙发上也没有说话。

柔媚拉了拉被子，觉得自己的心有点凉凉的，感觉一切不过是自己做的梦。

曾玉清走过来，看着柔媚很久，才用低低的声音说，“睡觉吧，明天不是还要参加展览吗？”

柔媚伸手拉了拉他的手，冰冰的没有什么生气，“对不起。”

曾玉清蹲下来慢慢为柔媚掖好被子，温柔地说：“来，睡觉，别想了。”

柔媚像个孩子似地说：“玉清，我不知道自己怎么了？”

“我知道，你睡觉吧，明天再说。”

“好。”她翻身睡了。

曾玉清一个人坐在阳台上，点了一支烟，看着烟袅袅升起……

连心看着小宛，小宛没有看连心，头偏向一边。

连心搬她的肩膀，可是她的脸还是偏到一边，再搬她的脸，满脸的泪。连心扶着小宛，小宛的身体好像没有了骨架，异常绵软。

连心把小宛抱起打开车门，放小宛坐好。

刚要开车的时候，小宛忽然大声地说：“你是混蛋！”

连心没有说话，头低低的，手微微颤抖。

回到家，连心下来帮小宛开车门，被小宛用力推开的门撞倒。小宛没有看连心一眼，直接推门进去。

夜里，小宛一个人睡在了卧室，把门反锁了。

连心坐在书房，心绪迷茫。

……

早上柔媚起床的时候，玉清已经洗漱好了，看着柔媚温柔地说："早！"

柔媚仔细地看着玉清很久，笑笑说："早！"

"快点，要迟到了，你不是今天有画展吗？"

柔媚回头看了一眼曾玉清："玉清，我……"

"好了好了，有什么话，等展览会完了再说，让人家看你迟到了不好。"

柔媚想了想，点点头。

早上连心没有吃早餐就赶到公司，公司今天有个很重要的客人要来。小宛看着连心出门，才走出房间，坐在椅子上，看着煎好的鸡蛋……

她把盛鸡蛋的盘子拖过来，一口一口地吃着。

-千-

连心没有回去，第一次超过10点钟没有回家，也没有电话。连心怕见到小宛的脸，怕看到她伤心的表情。对连心来说，让女人伤心是世界上最恶毒的事情，可是他不仅仅是让女人伤心，还让一个深爱自己的女人伤心，真是十恶不赦。

记得小的时候，父亲因为连心的成绩不好，打了连心，不让连心回家。

那时，北京的11月已经很冷，看着地上旋起的风，卷着飘落的枯叶，连心一个人瑟瑟地坐在军区大院的花坛上，不见一个人影。

"小哥哥你在干嘛呢？"

"嗯，给你。"

连心看到一个小女孩子伸出的小手，手上有件大衣，花色的。

连心看了看她，把头扭到了一边。

小女孩说："你会冻坏的。"

"不用你管。"

小女孩温柔地说："我妈妈说，你要是不喜欢我的衣服，就叫你去我家。"

连心知道小女孩和她妈妈来自农村，就住在连心家的对面。想到她妈妈，就想起自己的妈妈那张满是皱纹的脸。他抬头看看，看到对面窗里小女孩妈妈的那张脸，并向她点头。后来他知道女孩叫小宛。

后来小宛的妈妈走了，没有再来过。连心和小宛成了最好的朋友。

成人的世界里有虚荣和中伤，孩子的世界也是一样存在。为了小宛，连心和军区大院的"孩子王"打了一架，从那以后连心就理所当然的成了小宛的男朋友。

连心一个人坐在咖啡厅里，心沉沉的。什么时候小宛成了负担而不是一份快乐呢？

"先生，你好，我们要打烊了。"

"哦，好，好。"

走出咖啡厅，路上的落叶掉在连心的头上。抬头看看，又是秋天了，怎么又过了一年呢？

回到家的时候已经是12点钟了，小宛睡了，辰辰也睡了，惟有保姆还在客厅。

"阿姨，你没有睡觉？"

"连心啊，你没有回来吃饭，我想等你回来给你热热饭。"

连心胸口一暖，点点头："谢谢阿姨！"

吃了点面，阿姨去睡了，连心习惯地推门。想起小宛一定是锁了门的，刚想松手，居然开了。

看看暗暗的房间，连心怕吵醒她，轻轻地关门。

“你去哪里了？”小宛大声说。

连心立在那里没有说话，看她没有睡，就走进房间，顺手关上了门。

“你进来干嘛，我让你进来了吗？你外面的女人呢？怎么混到半夜就回来了？是不是又给人捉奸了？”

“你说话干净点好不好！”

“哈，你做了还怕人说了，真是个天大的笑话。我怎么就没看出来呢，居然有人做了婊子还要立贞洁牌坊。”

连心立在床边，看着暗处小宛扭曲的脸，嘴巴的一张一合，心里的羞愧说不出口。

“你说话啊！怎么不说了！”

连心退后一步，坐在了梳妆台前的椅子上。

“说啊！怎么不说话啊！”

“你昨天给人捉了，今天还要去见那贱女人，真是一对狗男女。”

“小宛，不要这样好不好？”

“哈，我骂她，你心疼了！”

连心推门要出去。

“你去哪里！你……”小宛上去就扯住了连心，“你，你还去找她！”

连心回头看着小宛，眼底是深深的倦意。

小宛喃喃地说：“我只是不想让你给她骗了，我，我爱你！”说着泪水顺着脸颊滑落。

连心叹口气，回身抱住她，眼神迷茫而无奈。

……

-6-

柔媚神情恍惚地过了一天。很多人的讲话，很多人的笑脸，很多人忙不迭地拍照，很多人走来走去。曾玉清一直都守在柔媚的身边，帮她说话，帮她回答人家的问题，补充柔媚说话的漏洞。

很多时候柔媚只是笑笑，平时的机智和风趣一点都不见了。一天下来，柔媚说话次数都是有限的。很多人看到柔媚身边有人，也就渐渐放弃了亲近柔媚的想法。

对男人来说，亲近一个女人是要有些理由的，可是现在这个理由已经被那个看上去还有点让人憎恶的男人占据了。

曾玉清把柔媚护得紧紧的，柔媚看上去有点像个很无助的孩子。

回到酒店，曾玉清把柔媚扶到椅子上，温柔地说:“我帮你放水，你洗个澡好吗？”

柔媚点点头。

曾玉清帮柔媚脱衣服，柔媚像个孩子一样顺从。

夜里，曾玉清抱着柔媚软软的身体，大声地喊:“媚儿! 媚儿! 我爱你! 爱你……”

柔媚冷冷的心似乎感觉到了温暖。

柔媚宁愿只是做了一个梦。

“媚儿，我们明天回去，我订好了飞机票。”

柔媚点点头。

回家的时候，北京的天凉了。渐渐的，秋天到了。

柔媚看了一眼秋风滑过的京城，随后上了飞机。

有些人一生只走在一条路上，即使是滑出一点，还是要回到原来的轨迹上。

柔媚回到家不久，中华慈善总会就打电话通知柔媚，画已经拍卖成功了，拍卖的全部款项用于救助失学儿童。听到这个消息，柔媚寂寞的脸上有了一丝笑容："谁买去了？"

"这个，是个不愿意透露姓名的人买走，现场竞争很激烈。"

柔媚淡淡地笑笑，这些对她没有什么关系了。

曾玉清每天一下班就回家，翻着新样给柔媚送花。柔媚喜欢画画，他就买了很多幅珍贵的书画藏品给她。可是柔媚的脸上再也看不到面对连心时所表现出来的狂热，感觉上又恢复了以前的平静。

很多时候，曾玉清会猜测他们发展到了什么程度，有没有亲吻，有没有更过分的举止。想着想着，烟蒂就堆满了烟盅，烫了手指。

然后是心揪得很紧，赶紧找很多的事情来做，忙碌的感觉让心安静点。

回家的时候，曾玉清看到柔媚静静地画画，寂寞的神情刻在脸上，就会痛恨自己把她带回来。可是想到柔媚被那个男人抱住，又恨得几乎要杀了自己。

夜里，曾玉清一次次进入柔媚驯服的身体。可是她心里却更加疯狂。

曾玉清终于看到了那个他很想看到的柔媚，只是柔媚总沉浸在另一个男人的怀抱里，这让他几乎崩溃。

"柔媚小姐？"

"你好，刘院长，孩子们都好吗？"

柔媚喜欢常常到孤儿院看孩子，给他们带一点吃的，用的，还有他们最爱的书和笔。每次看到孩子，柔媚的心就静了很多。

"柔媚姐姐。"

"是小威啊，现在学习怎么样呢？"

"我又考了100分。"

"嗯，小威最棒。"

"姐姐，你的画才棒呢，我把你的画给了老师，老师说你画的最好，还把画放进了我们的那个展览厅呢。"

柔媚揉揉小威的头发说："你的画也好，以后努力哦。"

"嗯。"

柔媚很早以前就为小威付了所有生活费和学费，可是她从没有和父母说过这件事，曾玉清也不知道。所以曾玉清跟踪柔媚到了这个孤儿院的时候，才明白妻子也许有很多事情瞒着她。

十一

人很多时候是因为自己快乐，才给予别人快乐。可是当一个人心里被自己的郁闷填满的时候，怎么可能给别人快乐呢？

曾玉清如此，柔媚亦如此，不快乐的感觉犹如一个传染病，就这样由着它蔓延，人们明明看到了也是无能为力的。

曾玉清每天看着柔媚的安静就觉得心痛，可是想到她是为另一个男人忧伤就更无比痛恨。

"柔媚，你在想什么？"

"没什么。"

曾玉清明明看到她魂不守舍。

"我想下个月回乡下。"

"嗯？"

"妈妈老是叫我们回去。"

"嗯。"

"你喜欢海，刚好我带你去老家的北海，那边的海滩非常漂亮。"

"嗯，你说去哪儿？"

曾玉清带着气愤的口吻说："我和你说话你一句都没有听！是

不是？”

柔媚看了他一眼，“你说吧。”

“你醒醒吧，别做梦了，人家是有老婆的。”

柔媚猛地抬头，看到了他眼中的痛苦。

“你说什么？”

“我说什么你没有听到吗？”

“你为什么这么说！”

“怎么，我触到你的伤痛了吗？我只是告诉你一个事实而已，你生也好，你死也罢——都是我的事情，与别人没有关系。”

柔媚抬头，目光清澈，所有的迷茫一扫而光。

“你错了，我与他没有关系，与你也没有关系。”

曾玉清看了柔媚很久，忽然抱起柔媚。

“你干什么？放开我。”

曾玉清把柔媚丢到床上，撕掉了柔媚的衣服，猛烈地进去。

柔媚仰躺在床上，眼光涣散。

离开的时候曾玉清回头看着一动不动的柔媚说：“你什么都可以忘记，就是不要忘记我才是你合法的老公，想找别人你下辈子吧……”门在他的身后关上了。

早晨，连心公司的员工在不停议论。

“是吗？真的，我看看，晕，这个女人还真是漂亮。”

“怎么那么下流的话都说出口了？”

“TMD！够味。你看，你看她的屁股，真他妈迷人。哎，别推我。哎，给我看看，你看那个男人像谁？”

“别胡说！我昨天也看着像，可是你看人家连总多那个啊，怎么会和这么一个烂女人在一起呢？”

“我觉得是他，你看这个发型，还有衣服，昨天他不是也穿了这么一件。"

"是啊，是真的哦，这个衣服真的是一样的。"

"TMD！自拍哦，哪儿搞的，老兄让让，让兄弟爽一下。"

"KAO！这个有什么好看啊！又没脱。"

"切，你就看脱，这个才真的是有味道呢。你看这个女人多下贱，她自己是个烂货，还说自己把男人玩在掌上。"

"KAO！这里还有电话呢，说什么24小时随时服务，真他妈的！"

"你们在做什么？"

连心进来的时候刚好看到了这个场面，大家围着一部电脑说得正热闹。

见到连心呼啦一下散了，连心正好看到了自己紧紧地抱着柔媚的画面。他走过去，坐下来，安静地看了一下网址，然后关掉，吩咐技术部取消所有部门的网络权限，要上网只有到他那部机器上。

连心这个举动也证实了大家对他的猜测。

连心打开网页，一个放荡女人的自白。

写得极为下流，文字极淫荡不堪，每段文字都配了一个柔媚的照片，结尾都配了一个柔媚的手机号码。连心即刻拨打柔媚的电话——你拨的用户已关机。

看着那些文字，看着那些画面，无一不是自己和柔媚在一起的场景。连心知道是谁在害柔媚，最让连心担心的事情是柔媚知不知道，柔媚的家人知不知道。"柔媚……对不起。"他向后仰起头，闭着眼想。

忽然他记起，公安部在打击黄色网站，可是他们会不会错抓了柔媚呢？

他拿起电话又放下，如果不关掉这个网页，柔媚要受多少伤害呢？

他拿起电话。

“你好，全国黄色网站打击热线，我是7891号为您服务。”

“你好，我……”

“您请讲……”

“我说的这个事情是有人在诬陷我的一个朋友，他把我的朋友写得非常下流。”

“嗯，好，请说网址。”

“可是那个描写的人真的不是我的朋友。”

“好的，这个我们会查。”

“会不会伤害到我的朋友呢？”

“您放心，我们只是严惩网上散布黄色信息的人。”

“那好，你记一下网址，www.*********.com。”

“嗯，好的，谢谢你的举报。”

“等一下。”

连心听到电话挂掉了。

忽然之间连心又惴惴不安。

整天的时间，连心刷新了无数次，直到刷不出了，连心才放心地坐下来，可是忽然想到他还是会发，心又提起来。

一七

柔媚用水一遍一遍地冲洗自己，柔软的心愈加坚强。

她整理着所有物品和衣物。

曾玉清回来的时候看到的是安静的家，柔媚走了。

回到了她的出生地——小城惠州。

柔媚找了一部公用电话打到家里。

“媚儿，你去哪里了啊？把我们都担心死了，玉清在这里，你和他说。”

玉清接了电话，那边早就挂断了。

柔媚找了一份翻译工作，安静下来的时候喜欢去海边写生。柔媚不知道自己早就被一个大阴谋笼罩着，不知道自己的照片被发到了网络上，不知道自己在网络上是个怎么淫荡、被人唾弃的女人。

此时，所有人都找不到了柔媚。

很多时候连心都在看着手机发呆，希望柔媚会打电话给他，告诉她在哪里。

曾玉清查了电话号码，是惠州的。

“是啊，柔媚喜欢惠州，老是闹着回去。”柔媚的父亲忽然说。

“玉清啊，你和柔媚到底是怎么了啊？”

曾玉清低头想了一下说：“柔媚有人了。”

“啊，什么？”

“你说，柔媚什么？”

“柔媚有了一个男人。”

柔媚的父亲忽然晃了一下，一屁股坐在椅子上。

“啊？”柔媚的母亲扑过去，握住老伴的手，回头对曾玉清说：“不可能！”

“是真的，我亲眼看到他们抱在一起。”

那晚，柔媚的父亲住进了医院。

柔媚往家里打电话没有人接，只好打父亲的手机。

“媚儿，你快回来，你爸爸，他住院了。”

“爸爸怎么了？我马上回来。”

第八章 爱是一个影

一

知道姐姐要来的时候已经是下午了。连心推开门，看到的是小宛慢慢回头的脸，看着有点像电影里的慢镜头。

连心知道总要有场暴风雨的。小宛的冷静倒让连心不知所措，好像蓄势待发的箭，怕自己一不小心说错了话又引发了什么。

小宛像一切都没发生过一样，昨夜的愤怒不见了踪影。

连心坐在椅子上看着小宛的脸，没有任何改变。连心想是不是自己过于龌龊了，怎么就把她想得那样坏了呢？

“姐姐怎么和你说的？”连心伸手抓了一个空杯子在手里。

小宛抬头温柔地看了连心一眼，低下了头。

连心几乎不敢想，也许是自己多心了。

连心看着手里的空杯，放下，然后又握起，低头再看。他看见自己的影子在杯底扭曲着。轻轻放下，感觉手空空的，心里也空空的。

小宛推门进来，“姐姐来就好了，你不是一直想她吗？”

连心心神恍惚地觉得小宛的笑里藏着另一种滋味，让人的心里不踏实。又转念想她还不是为了这个家好，觉得自己居然怀疑一个委曲求全的女人委实苛刻。

“小宛，我……”连心把手伸出去，远远的。

小宛握着连心的手，暖暖的，泪流不止。

连心拥住她。

“我以为你不要我了，连心，我以为你不要我了！”

连心吊得老高的心才安稳地放回去。他伸手在小宛的身后慢慢的抚摸，大手握着她的耳垂，亲吻着她细嫩的脸，说："你真傻，怎么会。"

"你都不理我，你都不理我了……"

听着小宛哭得哽咽，连心的心安静而踏实了许多。

"你是个坏人，你都说了要对我好的，怎么就变了？你说了的。"

连心把小宛拥紧，说："我是个坏人，你打我好不？"

"你，人家要气死了你还笑？"

"对不起，我不笑。"

小宛终究是个简单的人，看着连心没有了去找女人的心，自己就失去了追究的兴趣。哭不过是个手段，证明自己是在乎他罢了。

一切都终于回到了原来的轨道上，小宛暗暗地想。

连心拥紧小宛瘦弱的肩，给自己许下誓言，让妻子快乐就是自己一生的责任。

柔媚推开房门的时候，许多的眼睛望过来。父亲一生桃李满天下，也因此有了众多学生的爱戴，柔媚知道那些人都是父亲的学生。

看着小师妹到了，靠近老师的人让了一个位置给柔媚。柔媚总是怕伤了父亲的心，可还是让父亲难过了，这对她来说，是个罪过。

"爸爸，我回来了。"

父亲瞄了她一眼，没有说话。其他学生还是知趣，瞬间走得不见了影。母亲送完客人，依旧进来看着，生怕父女两个吵起来。

"瞧你做的好事！"

"爸爸，我没有！"

"你还嘴硬，你看看这个是什么？"

柔媚看到父亲手里有份报纸。

《女画家的婚外情》这是个连载小说，虽然名字换了，可是还是看得出写的是柔媚。

柔媚看了一眼，然后放到旁边，说:“爸爸，这些扑风捉影的事情你怎么就当真了？我都不知道还有比这更好笑的事情。”

“你真的没有？这个真的不是你？”

“爸爸，你看你，都没弄清楚就气倒了，怎么就那么容易生气呢？”

“玉清说你有人了。”

柔媚认真地看着父亲说:“爸爸，我才是你的女儿，你的女儿是什么样子的人，你还需要人家来告诉你吗？况且玉清一向不了解我的事情，你也不是不知道。”

父亲看着柔媚，感到自己可能是有点冒失了，自己的女儿什么样子怎么还由着一个外人来说呢？

-13-

曾玉清看到柔媚的时候还是吃了一惊，虽然心里有准备了，可是终究是心虚的，好像是穿了女人的内裤，周身不舒服。

柔媚平静地看了他一眼，转头看父亲，细心地帮父亲正了一下枕头。母亲还是了解女儿的，很多时候女儿是自己年轻时的翻版，怕她一不小心就露出了本质。

“你们去走走吧，这有我呢。”

曾玉清巴不得这样，柔媚最不肯在父母面前给他失面子，总是说好的。

柔媚看看父亲，父亲想柔媚和玉清之间还是有了什么隔阂。没有几个父母希望自己的女儿和她的男人分了。何况这样只能说明自己当年的眼光是错的，就算是女儿不痛快也是要维持的，哪能说分就分了呢。女儿终究是小孩子脾气，玉清哄几下也就没有事了。

“去吧，你们出去走走，别回来了，这里有你妈妈在呢。”

柔媚顺从地跟着玉清走出房间。

玉清看着柔媚有些没有精神的样子，心里很不是个滋味。

“想吃什么？”玉清有意贴近柔媚。

柔媚看看他，心里怎么都不敢相信如此和自己温柔地说话的人，就是那个粗鲁地不把自己当人的丈夫——曾玉清。

曾玉清心惊地看着柔媚的眼睛，知道自己这样做是残忍了一点，吓到她了。可是人家的老婆都是百依百顺的，怎么偏偏自己娶的老婆需要哄呢？

“媚儿，我知道那天我太粗鲁了，伤到你了是吗？”

柔媚听着心冷，怀疑着曾玉清怎么就一下子变了心肠了。不是还在父母面前告状吗？现在居然这样温顺。

远处的天空看着有点阴，柔媚感觉到要下雨了。已经很久没有下雨了。柔媚小的时候喜欢下雨，雨水沁着心冰冰的。

母亲不喜欢雨，她是个很专横的人，爱与不爱总是一个人说了算的。柔媚即使快乐的时候也要看着母亲的脸。母亲快乐的时候柔媚的心情就可以放开一点，可是母亲不快乐时柔媚就很少说话了。所以柔媚总是比同龄的孩子懂事。很多时候柔媚喜欢一个人静静的，邻居们都很奇怪，那么小的孩子怎么就说着大人的话。

母亲却很高兴，总是夸讲柔媚长大了，炫耀着自己的教育。柔媚的童年就这样过的，失去了本该有的纯真。

“媚儿，你原谅我好不好？对不起，我……”

柔媚回头听着曾玉清的话，不知道他都说了什么，听到的也不过是老调重弹，不耐烦地说：“没什么原谅不原谅的。”

曾玉清脸抽动了一下，恨意忽然滑过眼里。

柔媚看着他，想：“就快发作了。”

曾玉清还是转了一下头，笑笑说：“你什么时候回家？”

柔媚没有说话，看着窗外，云渐渐远了，好像那张渐行渐远的脸，心底一抽一抽地痛。

“你的电话不要了吧，我给你换了一个电话。爸爸你就不用担心了，现在我们好了。”

柔媚低了眉眼，神情里有挣扎的疲惫，想这个人怎么如此赖皮，父亲居然是他的挡箭牌了。

《女画家的婚外情》到了连心手里已经连载到第三期了，把主人公写得如此下流，连心为柔媚难过。

连心知道这样的事情不可以去告，可是心痛得不得了，只是乞求柔媚没有看见。

“连总，这份报告要签名。”女秘书温柔地说。

连心点头，示意她放下。可是女秘书并没有走。

其实女秘书深爱着自己的上司连心，但是看着他对夫人的体贴就知道没有机会。忽然知道上司也是有另一份心肠的人，也想着自己可以在他寂寞的时候充当点心。

连心抬头看了看，瞬间明白了女秘书眼中所流露出来的异样神色。连心想：“都知道了，居然都知道了女画家婚外情的事。”

媚儿你也知道了吗？不要知道那些下流的话，还是让我一个人承担。连心看着女秘书的脸想着柔媚。眼底忽然的悲苦。

“心，我的心。”女秘书见连心如此地看着她，羞涩的叫。

“嗯，什么？”连心回过神来。

被一阵敲门声打断了，女秘书正正色，然后把报告合起来说，连总我先出去了。

连心点点头说：“进来。”

是跟单部的经理。

女秘书一颗骚动的心，如小鹿似的撞，把心、肝、肠、肺都撞没了踪影。

连总也喜欢我。女秘书出门时不停地想。

女人很多时候是个很直接很主观的动物，先就不管别人怎么想，只是自己认定就够了。所以很多时候女人就总把自己的喜怒哀乐当做是人家的了。

连心坐不下去，想着柔媚看过那些话，想着更多的人看过那些话，想着柔媚也许会因此被人骚扰。此时，连心一分钟都不想坐了，只想一颗心飞到柔媚的身体上，为她暖了那颗冰冷的心才好。

走出办公室的时候，很多人看着他。其实男人有外遇又不是什么大事，许多男人是恨他平时看着像个君子，怎么就独占了那么妖媚的一个女人。女人恨他为什么就看不上自己，给自己一个机会呢!

连心把车开出来，忽然意识到自己居然不知道要去哪里。很多年来只有家、办公室。柔媚是他心头上的灯，是瞬间燃起的生命之火。

“连心你去哪里？”小宛鬼魅般地出现在他的车旁。

连心打开车门，让她上车，看着她的脸，被风吹得白白的。

“我刚好路过，就想上来看看你，刚好看见你的车。”

“你去哪里？我送你去。”

“我不去哪里了，你呢？”

连心微笑着说：“我回家。”

“柔媚。”

“嗯？小纹，怎么是你？”

柔媚想：结婚了就不见了，这个似乎是个常识，也是可以理解的。所以并没有去打扰小纹，而今天突然看见她，奇怪得很。

“来坐，你想吃什么？”

柔媚看见小纹的眼圈红红的，不敢问，怕问出什么不好。

“柔媚，他要和我离婚。”

柔媚向后坐了坐，怕自己一个重心不稳摔了。

“他是个混蛋，我和他结婚的时候他什么都没有，还不是我妈妈拿的钱，我们才结的婚。可是他婚后居然说我是个笨蛋，说我什么都不会做，还说要不是看在我父母的面上早就不要我了。”

柔媚默默地倒了茶，拿了纸巾递给她。

“我妈妈居然说我，说我自己找的，没有人管得了。柔媚我不想活了。”

柔媚抱住她，“你想离婚吗？”

“我不要离婚。”

“为什么？”

“柔媚你说什么呢？还用问啊，真是的。”

柔媚没有话说了，其实人在一个笼里久了是不想飞的。

“柔媚你说，他怎么就忽然硬起来了？柔媚你是见过他的，是吗？他真的对我很好的，可是怎么就变心了呢？”

“我的衣服都是他洗的，家里的洗衣机我怕浪费电，他就用手洗的，可是他从没有说过什么，怎么就把这个也当成了和我离婚的理由了？”

看着小纹红红的嘴唇，苍白的脸，恐怖得让人心惊。

怎么就把一张脸画得好像画布呢？

“我告诉你啊，柔媚，对男人是不可以掉以轻心的。我最恨女人把一张脸画得跟花似的，贴上去，哪个男人不迷啊。哼，我才不给她们机会呢。”

小纹走了，其实不过是一时寂寞了来炫耀一下而已。她快乐的时候哪里还记得有个10年的朋友。女人的朋友是做不久的，即使是没有孩子，即使不忙，也不敢有太多交往，怕一个不小心自己的老公就给人拐走了。

小纹走的时候还是快快乐乐的，很多时候女人总有办法安慰自己：“我就是不离婚，看他怎么办。”

柔媚想着都冷。

“媚儿？”曾玉清看着阳台上静静画画的柔媚。

柔媚抬头。

“我们过年回去吧，妈妈很想我们。”

柔媚把画笔放下，看了玉清很久。很多时候柔媚都是不知道自己在想什么，以为是在思考，可灵魂早就不知道在哪里了。

“媚儿，回去一下吧，妈妈已经两年没有见过你了。”

“我一定要去吗？”柔媚不敢想，自己要被人家背后讲的感觉。

柔媚看看玉清说：“爸爸刚刚出院，我不好走开。”

“爸爸那里我说过了，他很赞成。”

柔媚心里叹气，原来你们算计好了才来说，柔媚心苦，点点头。

曾经的故事总是在心里转来转去，以为还会延续，其实不知道，爱早就成了一个影。

-D-

接站的时候，风吹得很厉害了。北京的天，一吹风就有很多黄沙席卷着落叶，清洁工人又多了很多辛苦，连心想。

连心又是一年多没见姐姐了，在父亲过世的时候就想姐姐总是很可怜的，一生见过父亲的次数有限。父亲似乎也并不爱姐姐。母亲疼爱的也仅仅是连心一个，姐姐很多时候成了一个影子。可是姐姐极爱连心。

父母都过世了连心才发现自己另一个血亲居然还是离自己那么远，心里老是记挂着，总想可以给姐姐一点补偿。父母亏欠姐姐的何止是一点。

看到姐姐的时候以为看错了，姐姐给连心的印象一直是健壮的农村妇女，没读过什么书。母亲一辈子总觉得女人不必要读什么书的，可以照顾家就好了。

“怎么就瘦了呢？”

“姐，以往你总是带两个孩子来的，孩子呢？”

“没带，让他奶奶带。”

连心知道姐姐一定有什么事情，竟不敢问。

小宛看到姐姐就高兴，她以为姐姐在，连心至少不会去想那个女人了。小宛夜里睡不好，怕自己一个觉睡实了，连心又不见了。一个月下来，人憔悴了，头发掉得厉害。

接到了姐姐，也接来一段心事，车上的三个人都不说话，各想各的心事。

“带钥匙了吗，连心？”小宛找了很久，问连心。

连心侧头看小宛，阳光下一闪一闪的，居然是白发，心一沉。对小宛来说这个家是她一生中惟一的地方，钥匙从来都不离身，怎么忽然忘记了？想想自己真是罪恶。

“下去吧？阿姨在家呢。”

“她会不会去买菜了？”

“怎么会呢，辰辰还在家里呢。”

“是啊，是啊。”小宛拎着包下车，居然有了老态。

一直目送她们走到门口，叫开了门，走上去，连心一直心神恍惚。难道，真的老了？连心用手摸摸下巴，昨天刚刚刮的胡须有点露头了，很扎手。

回到公司时，连心取出一支烟。他知道柔媚最怕烟，每次看到人家吸烟，都把头扭得远远的。现在真的很想抽烟，这烟还是上次那个叫妹妹的业务员给的，想着那个业务员说叫妹妹，也许与“媚媚”是谐音，连心什么话都没说就签了字。

烟点燃了，连心没有抽，烟袅袅的，心里空空的。

父亲去世的那一年说了好多话，是连心几乎一辈子都听不到的。

父亲居然爱着舅妈，而母亲是舅妈的表妹，这个故事让连心苦了很久。父亲苦，舅妈苦，母亲何尝不苦？父亲是苦恋，舅舅又何尝不是心碎？想着母亲一生没有得到过父亲的一点点爱，就为母亲难过。

因为他们的感情纠葛，连心和姐姐成了最大的受害者，而这个也是父亲最后的忏悔。

爱情成了影，人的心也成了影。

女秘书走进来，给他倒茶，用爱怜的眼神看着他。

“连总。”

“嗯。”

“你不快乐？”

连心抬头，忽然想笑，怎么自己就成了唐僧肉了。

“你出去吧，我自己来。”连心点点头说。姐姐来了，总是要努力工作，很多时候人是要有点压力的。

“连总，我……”

连心笑笑说：“明天日本客人来看厂，你安排得怎么样了？”秘书虽然有的时候有点神经质，可工作上还是不马虎的。

“这个没问题，欧洲今年的订单已经排到年底了，还有美洲客人的单，下面的分厂做不过来，想转一下单。”

“嗯，”连心点点头，“你安排吧。”

“连总，我……”

“去吧。”

“嗯。”声音忽然变得羞涩了，连心听得身上一冷。

-E-

晚上回去的时候姐姐和小宛俨然是一条战线了，姐姐一边哭，一边诉说姐夫变心。同时不忘记小宛的话，顺便骂连心几句。

连心苦笑，这个世界怎么忽然全都变了，离婚成了时尚，全来离婚了。

“姐，算了，你就住我这里吧，有时间回去把孩子接来，我照顾你。”

姐姐的眼睛忽然睁大，“真的，小心，我看你的保姆也不踏实，我照顾你还好点。”

连心笑笑说：“哪能要姐你来做呢？我看到有合适的人选帮你再介绍一个。”

小宛发现自己找的联盟真的不走了，心就阴了。家里多住一个人，吃的，用的，细算下来，心疼得不行，就像割了肉似的。

姐姐的嘴巴一张一合的，不停地说孩子，说老公，说自己为家付出了多少。

小宛厌烦地想：“怎么就那么多话呢！”

连心细看着姐姐，为她难过。姐姐年轻的时候也是村上有名的美女，怎么就落得给人家抛弃呢？

“我忍不下这口气，我去打了她。”听着姐姐的话，小宛暧昧地看着连心。连心不敢想，姐姐会教坏了小宛的。

“哼，结果那个挨千刀的居然回来打我，我不活了。”

安顿了姐姐，连心非常疲倦，去冲凉了。

出来的时候，客厅黑着，连心想小宛也许是累了，回房间了，可是房间也是黑的。

“小宛。”

“嗯。”

连心吓了一跳。

“怎么不开灯？”

“不要开。”

连心放下了手，走到床边。眼睛适应了黑暗，看着小宛整个人裹在被子里，便坐下了。

小宛把手从被子里伸出来，用力地抱紧了连心的腰。连心没有动，任她抱住，感觉背后凉凉的，知道小宛在哭。

那么久了，连心第一次彻头彻尾地感觉到了小宛的悲伤，他的眼望着外面，柔媚的影淡了，被风忽然吹散了。

他反身抱住妻喃喃地说：“对不起，对不起。”

-F-

柔媚看着久违的海，想即刻跳下去，可是冬天的海还是有点凉的。曾玉清想：即使是一家子追问他们的问题，看到海，柔媚也不觉得烦恼了。

“孃孃,你说要和我比赛的，那么久都不来看我？”

“孃孃有点忙，你现在几年级了，怎么没有去上学呢？”

“我没有上学。”

“你没有上学？”

“嗯，妈妈说我要在家里做事，弟弟和哥哥才上学。”

柔媚蹲下来，看着女孩子红红的小脸，“告诉孃孃，你家有几个孩子？”

“我有一个姐姐，两个哥哥，妈妈今年刚刚生了一个弟弟。”

柔媚吃惊地想，每次来的时候都见很多孩子，自己都分不清谁家的，想不到有这么多。

“那你姐姐呢？”

“姐姐去做事情了，哥哥去上学了。”

“妈妈说我今天可以不做事情，要陪孃孃。”

“你叫什么？”孩子太多，居然记不住她的名字。

“我叫妹仔。”

“你没有名字？孃孃给你取个名字好不好？”

“好啊，妈妈说叫妹仔方便呢。”

柔媚抱起她，小小的身体，很轻，看着是个大孩子了。其实只是思想在长大，身体因为营养不良没有城市里的孩子长得结实。

“你们这一辈排的是‘文’字，孃孃就给你起个名字叫‘文卉’吧，这个名字好听又好记，孃孃教你怎么写。”

“就这样，上面是个十字，下面更简单。”

“会写了吗？”

小女孩写着自己的名字。

“孃孃，我会写了！孃孃，我有名字了！孃孃，我好喜欢你哦！”

“我要告诉妈妈去，我要告诉妈妈去！”

“我和你一起去吧！”

房子很大，有三层，不过没有什么摆设，看上去空荡荡的。柔媚知道，在农村，盖一栋房子是一辈子的事情，就算是不吃饭也是要盖房子的。

“妈妈，孃孃来了。”

“你这死孩子，怎么叫你陪一下孃孃就跑回来了。”

“我在呢！”

“哎呀，是玉清家的来了，怎么不多玩一下呢？看这里脏的，连个插脚的地方都没有。你吃这个，吃这个，我还说等会去看你呢。怎么就来了，看我这身，真是不好意思。”

柔媚笑笑说："姐姐客气了。"

"姐姐，我来是有件事情想说呢。"

"你说，是不是上次妈妈给你的药见效了？那不要紧的，我再去给你要，这个又不是什么值钱的，你和玉清说声，我这就给你去拿。"

柔媚摇摇头说："不是，是她的事情。"

"你个死孩子怎么又让孃孃生气了，看你个死孩子，我打死你。"

柔媚护着孩子说："姐姐，我是想说，为什么不让孩子上学？不是孩子不好，她很好呢。"

"让你见笑了，这个孩子是大了。"

"姐姐，如果是孩子的学费解决不了，我来想办法好不好，我觉得孩子要上学的。"

"玉清家的，你不知道，这……孩子多了，总是要有个不上学的，呶，那个大的不就没有上学。可是要顾着男孩子的，这个就顾不上了……"说着最小的给吵醒了，哭了起来。

姐姐进去抱出来，"看，这是最小的。"

柔媚回头看看，孩子有一双渴望的眼。再看看姐姐，知道说了也是没有用的。

"姐姐，这里有点钱，你给孩子交一下学费，如果不够，你说，我再给你，还是要给孩子上学的。"

"这个怎么说的，你看你这心，妹仔还不谢谢你孃孃。"

"妈妈，我有名字了呢，我叫文卉，我写给你看看。"

"写什么！死孩子，你妈又不识字。"

走的时候，柔媚回头看去，小山村成了影子。

"你给姐姐钱了？"

"嗯。"

"给她也没用，其实我早就说让孩子上学的。也给了钱，这次回来一看，两个孩子还是没有上学，其实他们也习惯了，女孩子大都是不上学的。”

柔媚想到那孩子的眼神，心隐隐作痛。

-G-

回到家，曾玉清没有下车，看着柔媚上去，想了想还是把车开走了。

柔媚一个人坐在阳台上画画，静静的，柔媚喜欢把自己的喜怒哀乐画进画里。

柔媚的画日渐成熟，在地方上也是小有名气了，也越来越好卖。柔媚以海为主题创作了一系列《海韵》，被收入《当代国画美术作品集》。柔媚把卖画的钱大部分捐献了。

看着天亮了，柔媚放下画笔，才发现曾玉清没有回来。这是他们从认识到现在9年来的第一次。居然结婚3年了，柔媚淡淡地想。

一晚没有睡，居然不累，想想父亲出院一个星期了还没有去看过。决定回去看看爸爸。

清晨的街道，老是有人在跑步。柔媚在学校的时候也喜欢运动，但不知什么时候居然忘记了运动是什么滋味了？

车不是很多，天气却出乎意料的凉。柔媚紧紧大衣，自己居然还穿了一件大衣，奇怪的感觉，父母老是因为柔媚不喜欢加衣服而唠叨。

想起是昨天夜里着凉才披上的，第一次穿大衣也是因为第一次见到他。想起连心笨拙的表情，柔媚笑了。记得自己是一个人度蜜月才认识了连心，而当时居然还不知道他的名字。

去哪里？曾玉清的车停在她的面前。柔媚看了一眼，见他胡子老长了，西装也皱了，人忽然憔悴了很多，柔媚的心软了。

"去妈妈家。"

"上来吧，我送你去。"曾玉清疲惫地说。

"好。"

车一路开着，曾玉清没有说话。看着他的沉默，柔媚很难过，想如果他不在乎，柔媚的感觉还好点。

她伸手握他的手，曾玉清似乎震动了一下，脸抽动了一下，没有反应。柔媚叹气，握紧他的手，曾玉清把车停到了路边，大力地抱住柔媚，把柔媚的头紧紧地按在胸前。

柔媚听着他的心跳，安宁了。

到家的时候，曾玉清不想下车，"下来吧，爸爸也想你呢。"

曾玉清笑笑关上车门，拉住柔媚的手。柔媚的手好小，很多时候感觉软绵绵的。记得第一次看到柔媚的时候就是在她的家门口。

"柔老师在吗？"曾玉清想着这个女孩子可爱的容颜，怎么都想多说几句。

柔媚扬着眉毛说："在妈妈家。"声音软软的，带着童音。

曾玉清怎么都想不到时间溜得这样快，一转眼都已经差不多10年了，当年那个稚嫩的小姑娘再也寻找不回来了。他想着想着握柔媚的手紧了些。

柔媚侧头看看曾玉清，眼角什么时候有了些细细的皱纹。心想，时间还是让人的心老了。

十

媚儿和玉清回来了。

父母最怕见到孩子不快乐，见到了他们和睦，就以为什么都不重要了。柔媚和曾玉清互相看看，笑里透着凄凉。

"媚儿，我们去旅行吧！"曾玉清一边擦头发上的水，一边说。

结婚前柔媚喜欢睡觉前洗头，曾玉清老是说她把身体都洗坏了。

不知道什么时候，曾玉清也喜欢睡觉前洗头了。他喜欢把自己的鼻子埋在柔媚松软的头发里，洗发水的香气扰着鼻子。

“去哪里呢？哪里都差不多，厌得很。”

“来，起来，我给你吹一下头发，看你的头发还没有干呢，等下又不舒服了。”

曾玉清抱起柔媚，抓着风筒帮柔媚吹干头发。虽然他和柔媚同在晚上洗头发，但他还是担心柔媚的身体，所以每次必是逼着柔媚吹干了头发才睡。

柔媚倚着他的身体，任他摆弄自己的头发。

柔媚有一头漂亮的黑发，黑得透着亮。

玉清爱极了她的头发，不喜欢她老是把头发盘起，喜欢把她的发夹取下来，让头发顺着肩膀溜到她的身体上。

“你喜欢海，我们去青岛吧，补偿你一个人度的蜜月。”

柔媚怔了下，忽然又想不会那么巧，真的有点想青岛。

“看看，连心，你看是什么呢？”

连心抬头看了很远处的小宛，后面是追跑的辰辰了，几乎成了惯例了。老是喜欢来青岛，连心不想来，小宛都要嚷着来。

姐姐还是老样子，不喜欢玩，心疼钱，一天到晚念叨着这要用多少钱。

“连心，不是姐姐说你，你现在可以赚钱了也不该这么浪费，还要去玩，我是不去的，有那钱，我还不如回家去看看孩子呢。”

“姐姐，连心花的是自己的钱，也没有用你的钱，你心疼什么啊。叫你去玩，也不用你出钱，还要念叨。”连心看出了小宛对姐姐的厌倦。

“好了，都不要说了。姐，你把这个钱寄回去吧，去玩吧，不用担心。”

“这个，你又给钱，哪里要那么多呢。”

小宛盯着钱在两人间推来推去，伸手说：“姐姐不要，我要。”

姐姐即刻收了手，讪讪地说：“要谢谢舅舅和舅妈呢。”

可是究竟是拿了钱的，说什么都不肯去青岛了。

连心也就由着她了，想她一生节俭惯了，总是看不惯小宛的奢侈。

很多时候亲情就是一段血脉，你牵挂的永远是你身体上的那段血脉。

十

柔媚和曾玉清没有想到竟会再次碰上连心和小宛，这个世界就好像小得总是转不出去。

到青岛的时候柔媚生病了，身体虚得厉害。曾玉清一直都在抱怨怎么就忽然变天呢，冷得厉害。可是柔媚还是不听劝地穿得很少，真的是要风度不要温度。

“媚儿，来，吃药。”柔媚皱眉，苦着的脸让曾玉清想笑，就是爱上她的孩子气，希望自己娶个简单的人，偏偏柔媚是个极有思想的人。

“不要哦。”柔媚把头扭得老远。

“要，快点。”曾玉清真希望这个时候可以久点。

可是柔媚回头看看他，笑笑。两个人都知道对方在想什么，曾玉清放了手，把药放进她的手。

柔媚顺从地吃了。

侧面看去，柔媚的脸有点纹路了，柔媚是个爱笑的人，所以很早就有了笑纹。看着她的肌肤忽然有了变化，曾玉清心里安适了很多，总算可以陪她一起老。

夜，裹着海水，撞击着柔媚的心。记起自己第一次来青岛时也是这样病着，去海滩的时候碰见了连心。忍不住，还是虚脱着慢慢地走到海滩上。夜里海风凉了，柔媚吸吸鼻子，裹紧大衣，恍惚间已经是上个世纪的事情了。

每个人都躲进了温暖的世界里，海似乎也睡了。柔媚站了一会，想自己是否痴了，怎么还要跑出来，想什么呢？

顺着海滩，柔媚走到崖边，海水撞击着山崖。后面有人跟过来，柔媚的心在打鼓，响得整个人都要跳起来了。柔媚闭着眼，向后拗着头，心底满是渴望。

“你疯了！生了病，也不穿多件衣服就跑出来！”曾玉清有点生气地说。

柔媚看了一眼曾玉清，又看了一眼海，心底异常沮丧。

和曾玉清回到房间，柔媚的病更重了。曾玉清想真的是来错了，怎么就病得那么重呢。

高烧了三天，居然好了，天气也好了，阳光好得让人心暖。

“我要去海滩。”

“不行，你还病着。”

“不要，我要去海滩。”柔媚眯着眼执拗地笑。

“那好吧，多穿一件。”玉清无奈地笑，把衣服披在她身上。

走出房间，看见一个帅气的小男孩，站在回廊看海，看着都让人喜欢了。柔媚走过去，温柔地说：“你好！”

“阿姨好！”小男孩回答得很干脆。

“怎么一个人，爸爸妈妈呢？”柔媚左看右看都看不到人。小时候柔媚的父母是寸步不离的，就算有一个去洗手间，另一个也是要守住的，怕的是孩子给人带走了。

小男孩向后面看了看。

“那可不行，一个人不可以到处乱跑。”柔媚严肃地看着孩子。

“嗯，知道了，阿姨你真漂亮！”

“是吗？”柔媚很喜欢这个孩子。

“嗯，比我妈妈漂亮。”男孩子歪了一下头，笑笑说。

柔媚温柔地说：“你这么说，妈妈要生气了哦。”

小男孩似乎也觉得不妥，贴在柔媚的耳朵上轻轻地说：“阿姨你不要告诉我妈妈。”

“好，我一定不告诉你妈妈，这个是我们俩的秘密。”

小孩子把手指伸出来说：“阿姨拉钩钩。”

“好，拉钩钩。”

“呵呵，你们怎么玩得这么开心？”曾玉清老远就听到柔媚的笑。

柔媚把手伸给曾玉清，任他握着，回头看小孩子。

“你叫什么名字？”

孩子看到了曾玉清，没有了什么精神，懒懒地说“我叫连辰辰。”

“姓连？”曾玉清忽然问。

“嗯，那个就是我爸爸和妈妈！”他回身看着父母。

柔媚瞬间抬起眼，曾玉清僵住了身体。

小宛看见儿子和人讲话，想过去应酬两句，所以赶紧拉着连心出来。

小宛冲过来，一把拉住儿子。

“妈妈，怎么了？”孩子稚嫩的眼睛怎么能看得懂大人世界的复杂呢。

柔媚慌乱的表情看在不同人的眼里是不同的感觉。

曾玉清想：“她究竟是爱连心的，看到了他都已经失了分寸。曾玉清只想有块布裹着她，让她永远也不要出现在这个世界上。曾玉清拥紧柔媚，从他们的身边走过去。

连心知道柔媚的苦，知道她什么都不能做的苦，五内俱焚，恨不得即刻跟过去。小宛拉紧儿子冷眼看着柔媚，想她怎么敢？怎么敢当着我的面和我老公眉目传情？手痒得几乎要扬起。

—八—

柔媚不想出去了，想躲起来。见到他了，可是怎么都不敢再见，千回百转地想了那么久，总是设计着会见到，总以为会震动天地，荡气回肠的；可是忽然见了，就那么走开了。

曾玉清看着坐在画架后面的柔媚心神不安的样子，不知道她在想什么。他恨起了自己，居然要了一个爱上别人的妻子。心痛的味道让他尝了再尝，为什么还不结束，怎么就是阴魂不散地缠着？

他不想去安慰她，活该自找的。

柔媚的头向后拗去，习惯地去贴背，可是椅子忽然翻了，柔媚跌在了地上。曾玉清看着看着，忽然笑，“说了几次你不要这样玩，老是不听，真摔倒了吧。”他上来扶起她。

柔媚眼泪汪汪的，企求地看着他。

曾玉清叹息地抱着她，“媚儿，媚儿，你怎么就忍心这样对我。”

忽然柔媚大哭，“对不起。”

哭着哭着两个人都不知道哭什么了，只是曾玉清抱着柔媚，心里都不知道柔媚是哭的谁。

想起柔媚刚刚摔倒，也许摔得痛了。扶起看她的脸，真的是乌青了半边脸，赶紧找了一块冰来敷，“真是个傻孩子，看看，真是的。”

柔媚握紧了曾玉清的手再也不撒开了。

吃饭的时候，曾玉清一定要柔媚去餐厅，最后还是扯着去了。刚好看见了连心、小宛带着孩子对着他们坐着，柔媚低着眼，掩着脸。

连心痴痴地看着柔媚，孩子只是看父母，一句话也不敢说。

小宛忍了一个下午的火顿时发作了，冲起来。

连心拉小宛，“你干什么？”可是小宛疯了般根本拉不住。

“你说我干什么！看你们眉来眼去的啊？”

曾玉清几乎是虐待性地看着柔媚慌张的样子。

小宛冲到柔媚面前，“你还真的要脸，居然还敢出来！”

柔媚不想给连心看到了伤到的脸，把头偏开。

“哈哈，还挺骄傲！”看着曾玉清似乎摆明了要看热闹，小宛总算了有了同盟。

感觉到了曾玉清的用心，柔媚抬起了脸，看着曾玉清，曾玉清只是低头吃着饭。

柔媚看看连心，连心只是盯着小宛的手，怕她的手真的挥起。

柔媚竟然当自己的面看连心，小宛的愤怒忽然膨胀，扬手就打。连心和曾玉清同时出手，曾玉清先抓住了小宛的手。连心回头看柔媚，刚好看见了柔媚抬起的乌青的脸。

“管好你老婆，不要怪我不客气！”曾玉清一把将小宛推得很远，摔到了地上。

小宛也看见了，刚想哭的脸上忽然扭曲，笑了，“哈哈，哈哈，你看看你的样子，也不去找个镜子照一下。”她的直觉是被打了，女人很多时候只有看到更漂亮的女人的时候才会痛苦，见到人家痛苦了自己的痛都会减轻了很多。

“你打她？”连心阴着脸看着曾玉清。

曾玉清一把把柔媚拉在怀里，骄傲地说：“她是我的老婆，我喜欢怎么样你管得着吗？”

连心两手握紧，头上的青筋暴起，“你混蛋！”一拳挥了出去。曾玉清一躲，而怀里的柔媚却是甘心去承受这一拳的，此刻柔媚只求一死。

“啊。”柔媚一口血喷出。

“媚儿。”

“柔媚。”

两个男人同时喊起来。

“你！”曾玉清来不及和他说话。

他抱着柔媚往医务处跑，柔媚这几天还在发低烧，哪里受得住这一下重击。连心跟着跑，他完全失去了主张，慌张地想她要死了。

小宛爬起来，抱住傻了眼的孩子想：“他不要我了，他不要我了。”

很多人是存心要看热闹呢，虽然不明白发生了什么，究竟还是看多了电视，现在有个现场直播，乐得早就没有了吃饭的心思。

主角们忽然走得干净了，观众还要踮起脚看了又看，直到小宛抱着孩子离开了，才热热闹闹地讨论开了。无非是猜测，还是有人想起那个女的好像是个画家，也有人忽然记得报上的《女画家的婚外情》，悻悻地想，真的是便宜那个男人了！

连心一人站在医务室的外面，恨得几乎想抓一块石头拍死自己。

可是想到柔媚还躺在冰冰的病床上，又恨不得自己代她去受这个苦，那一瞬间的痛苦几乎是过足了一生一世。

曾玉清把柔媚抱出来，柔媚闭着眼，面上黄黄的，没有什么生气。连心以为她死了，腿软得快承受不住身体的重量。

忽然柔媚睁开了眼，看了看他。

曾玉清并没有看他，抱着柔媚走了。

连心看见了柔媚睁开了眼睛，知道柔媚想告诉他自己一切都好。眼见着柔媚被抱走，连心跟了几步，看着曾玉清忽然放慢了步子，就停下来。曾玉清听他没有跟过来，抱着柔媚继续走。连心一个人立在那里，心空的好像个壳。知道柔媚没死，悬着老高的心总算放下了，但依然心痛。

-七-

连心失了魂魄似的转来转去，不知道该干什么。小宛只是抱着孩子，她看着连心。想想自己虽然报复了，可是却给那个女人制造了机会，使连心更加牵挂她。小宛更加恨，几乎是吞了柔媚的血肉才肯罢休。

“妈妈，我想吃东西了。”孩子转着眼睛，看了看连心又看看小宛，想还是妈妈好点。

“你还吃东西？饿死得了。”接着就给了孩子一巴掌。

“啊……啊……”孩子哭得凄厉，连心回头看看小宛，再看看孩子哭着的脸。转过神来，伸出手给孩子，孩子委屈地把手伸得老长。

“不准去！”

“你干什么啊！”

“我的孩子，我爱怎么就怎么，也轮到你管！”

连心生气得把孩子抱起来说：“不可理喻！”

曾玉清把柔媚抱回房间，反身锁门，柔媚看了一眼他阴沉的脸，低声说：“玉清，我？”

“不要把你那副可怜兮兮的表情摆出来……”曾玉清大声说。

柔媚从没有看见过曾玉清这个表情，几乎是狰狞的。柔媚不由地缩了缩脚。看着柔媚的动作，曾玉清愤怒地一把拉过柔媚捉住她的嘴，蹂躏似的反复吮吸。柔媚被抱得紧紧的，手挣不脱，只有拼命扭动身体，“玉……清……放……开我。”

曾玉清抱紧了她的身体，由不得她的挣扎，把她按在床上，扒掉她的裤子进入了柔媚的身体，柔媚虚软的身体立刻失去了挣扎的力气。

曾玉清把头埋在她细腻的肌肤上，大声地说：“你别想逃跑，我不会让你走的，你别做梦了，你生是我的，死了也是我的，谁也夺不走。”

他大力地撞击柔媚的身体，柔媚好像一个破碎的布娃娃，失去了反抗，在曾玉清一次次冲击下似一片风里飘的叶子。

曾玉清疯了般地折磨柔媚，完全不理会她的感受。

一次次进入柔媚的身体，柔媚软软的身体渐渐失去知觉。曾玉清大力抱起柔媚想再次进入的时候，才发现柔媚已经昏死过去了。身体忽然失去了力气，他用被子裹紧柔媚，轻轻摇柔媚的身体，“媚，媚，媚……”

柔媚完全没有反应，曾玉清想自己把柔媚害死了，一阵阵地害怕。

他伸手放在柔媚的鼻子底下试了一下，还有呼吸，这才放下了心。可是看着柔媚的样子，心里的内疚冲上心头。

柔媚醒来的时候看到曾玉清关切的眼神，“媚，你醒了？”

柔媚厌恶地把头转了过去。

曾玉清忽然想到她不是想见自己，心里全部的内疚即刻化做怒火，坐下去淡淡地说：“别想了，我不会再让你见他的，一会儿有车来接我们，我们回广州。”

曾玉清给柔媚穿上衣服，用被子把柔媚裹住，抱上车对司机说：“去机场。”

“怎么，孩子病了？”司机关切地问。

曾玉清低头看看柔媚，亲了一下柔媚的脸说：“是我老婆。”

“你还真是疼老婆。”司机想这个年月对老婆好的还真是少见。

曾玉清把被子掖了掖，温柔地说：“老婆不就是用来疼的吗？”

柔媚觉得自己的头，身体，每寸都在疼，心更疼，知道这一走就真是和连心天各一方了，爱情成了离别。

第九章　爱和痛离多远

-A-

回来一个星期了，柔媚没有去看过父母。曾玉清去了，还带了很多特产，他说柔媚很孩子气，老是看不够大海，不想回来，回来后还在和他赌气。

父母自然觉得很安慰，女儿喜欢海又不是一天两天的事情了。

父母总是以为自己是最了解女儿的。

何况女婿又孝顺，对女儿又是千依百顺的，总是柔媚的不是多些。所以就打电话和柔媚说了两句，无非是要柔媚懂事，玉清赚钱也不容易，哪能由着性子玩呢，还有不要老是和玉清赌气，让你生孩子也是很正常的，谁家的小夫妻不生孩子。你们结婚那么久了早就该生一个，不要那么任性。

柔媚想了一会儿说："好。"

母亲还是多问了一句，"怎么不回来？"

柔媚温柔地说："妈妈，我在煮饭呢。"

母亲赶紧说："好了好了，怎么不早说呢？这个孩子。"

柔媚放下电话，苦笑，"怎么好人都让曾玉清做了。"

连心没有想到曾玉清会真把柔媚带走了，居然连一眼都不给他看。连心一晚的思念成了泡影，小宛冷着眼看着连心的苦涩。

小宛总想如果是那个贱女人在，一定要杀了她给连心看。

回去的时候一家子都短了嘴巴。辰辰不知道发生了什么，他知道妈妈生气了，生爸爸的气了。每次妈妈生气的时候都是不许辰辰亲近爸爸的。私下里他还是觉得爸爸好，爸爸从不发脾气，更多的时候看着妈妈在骂爸爸，可是辰辰不敢说。

“回来了，玩得好吗？辰辰，来给姑姑抱抱，亲一下。真是想你们呢，去了那么久，要花多少钱呢？真是，有什么好玩的。”

“我花的又不是你的钱，你唠叨什么？”小宛凶巴巴地对姐姐说。

“你，这是干什么？连心，你看，我也没有说什么啊？小宛你这是什么态度？”

“我就这个态度，你爱听不听，我家的保姆都是要受我的气的，你不想受，我还不想侍侯呢。”

“小宛，不要说了！姐姐，对不起，小宛她不懂事。”

“这……这……我来照顾你，我又不对了我，我哪得罪你了，你这个态度？”

“哼！我不懂事？你懂事！你懂事怎么那个女人没有跟你回来啊？别以为自己是朵花呢！人家看不上你呢！就是我才要你，换一个人谁要你！”

“连心，你看看！这，这是什么样子，哪有女人这样对老公说话的。”

“小宛，我们的事情等下再说，好不好？你不要对姐姐凶。”

“我们的事情！哈哈，我们会有什么事情！错了，是你们的事情！是你和那个贱女人的事情，你弄清楚了没有！”

姐姐是一头雾水，可是还是有了些眉目。但是究竟是自己的弟弟，拉着连心说：“跟她有什么好说的，来和姐姐说。”

“哈，真是怪，你还真的以为是自己家了？”

“哼，没见过你这样的女人，把老公管得那么紧，你以为我家连心离开你就找不到女人了？”

“你！”姐姐一句话说中了小宛的心事，小宛抱住辰辰大哭。

连心叹气说：“姐，别说了，是我对不起小宛。”

“有啥对不起的，你少她的吃了还是少她的喝了？一日三餐有人侍侯，还要打牌，高兴了就要一场，一天到晚就是花钱。你把她当公主一样侍侯，还错了？”

“姐，别说了。”

“小心，妈老说你娶错了媳妇，她都不和你住，你还把她当宝似的。”

“姐，你别说了。”连心大声地说。

姐姐看着连心，忽然也哭了，“你，你个不知好歹的，没良心的！忘记小时候姐姐把好吃的都给你吃了，你怎么就忘记了……”

连心低声说：“姐，我哪能忘记呢，姐，你对我最好了。”

小宛哭着哭着见姐姐也哭了，自己反而不哭了。看着连心手忙脚乱地哄这个，又哄那个。

想想连心毕竟还是有良心的，坏就坏在那个女人身上，小宛想得牙都痒。

夜里小宛睡不着，起来才发现连心早就不知道哪里去了。她爬起来冲出房间，想也许那个女人就在门外，想着他们抱在一起，心都快抽到一块了。

开了门看了又看，没有。

回头看见连心拉开书房的门看她。

小宛没理他，走进书房，转了一圈，想这个地方应该是藏不了人的，才坐下来，紧盯着连心。连心被她看得毛骨悚然，“怎么了？”

小宛看着连心一声不吭。

“小宛。”连心把手放到她的额头上，“怎么了，小宛？”

她把手放到了连心的手上，感觉连心的手还是凉凉的，没有一点热度，忽然说：“都说要你去看一下医生就是不听，我怎么总觉得你的手和死人手似的。”

连心摸了一下她的脸说：“怎么会？没事的。”

小宛抬头看着连心说：“心，我喜欢你摸我的脸。”

连心把手放到她的脸上，小宛捧着连心的手，贴得紧紧的。

-13-

“柔媚，你在想什么呢？”小纹疑惑地问。上次约了柔媚，柔媚说有些事情不能来，今天刚好有空约她，小纹肚子里已经有了。

“几个月了？”柔媚看着小纹的肚子问。

“4个月了。”小纹骄傲地挺着肚子。

柔媚想，就在不久前还说要离婚呢，现在孩子都要生了。

“柔媚你是怎么回事啊？是不是你们两个谁有问题啊？”

柔媚笑笑说:“都没有问题。”

“那你怎么不生啊？你们结婚有4年了吧？”

“3年多了,”柔媚想，真快。

“该生一个了，你不生孩子哪里拴得住男人？你看我，有了宝宝了，他也不出去混了，还说我是他的命呢，又对我好得不得了。”

看着小纹脸上的笑，柔媚知道她是幸福的。

他说我要是给他生个儿子，他就得把我搭板供起来。我去找人照过了，是个男孩子呢，哈，结果，他一家子都来了！老的小的，跑的比兔子还快，个个都说我的肚子厉害。

柔媚淡淡的笑始终挂在脸上，老朋友不多了，能见面的更是少之又少，苛刻什么呢？

“柔媚你说，我怀的是不是个儿子？”

“你不是照了吗？怎么还问我？”

“哎呀，你不知道啊，那个也不是百分百准，总是有误差的。可是我老公说了，看我就是个生儿子的命，我婆婆说我肚子里的准是个儿子。”

“嗯，那不是很好。”

“我还真的担心呢。如果不是儿子，我就再生，我就不信生不出儿子。”

柔媚皱皱眉说:“小纹，你这口气怎么就不像是读过大学的呢？”

“哎呀，你还不知道啊，我读大学还不是混日子，混个文凭出来，工作好找点，嫁人的时候嫁得好点，怎么能和你比啊，成绩好，又会画画。”

“哎，对了，你还记得班上有个叫陈好的同学吗？”

“记得，她的脸很圆。”

柔媚记得陈好是有名的才女，当年是系里有名的好人，想想那些男生总是故意把声音掐着叫:“好人儿。”

“是啊，她死了。”小纹口气淡淡的。

柔媚抬起头问:“嗯？为什么？”

“还不是因为老公把她甩了，自己想不开跳楼了。”小纹耸耸肩，“谁知道呢，哎，不说这些，你说我去参加婚礼穿什么好呢？我的肚子真是碍事，老是想把它推回去。”

柔媚呆在那里，半天。

“哎，你怎么了？柔媚，想什么呢？我问你呢？你说我穿什么好呢？”

“怎么就那么轻生？生命真就那么脆弱吗？”柔媚喃喃地说。

“还在想呢，别想了，是她自己死的，跟我们有什么关系，我说你到底去不去啊？”

“去哪里？”柔媚神情灰暗地说。

“你真的没有听我说啊？我说的是班长的婚礼啊！你还记得他那时候很喜欢你的。”

柔媚打起精神笑笑，其实是小纹喜欢班长。

“他是最后一个了，真的，我们的同学都结婚了，你知道吗？文雅出国了。”

“嗯，听说了。”柔媚还是沉浸在“好人儿”的死讯里，觉得生命的脆弱居然不如草芥。

“不过，最近回来了。嫁了个外国佬，人家把她玩够了，不要了，听说在外国做鸡呢。”

“别胡说！”柔媚最恨背后说人坏话。

“呵呵，柔媚你的心还是那么好。”

十几年的朋友了，小纹早就了解柔媚的性子，知道她是个极善良的人。即使是陌生人，她都会为人家的不幸而落泪。

“谁不是在追求爱情、追求幸福呢？只不过有些人没有追上罢了。”柔媚低声说。

“你怎么相信爱情了？你最怕人家说爱情的。”小纹奇怪地看着柔媚。

“人都会变的，你说呢？”柔媚的眼睛迷蒙得似乎有了水气。

-亡-

柔媚回家的时候，已经是下午了。小纹的老公来接她，亲亲热热地和小纹上车。柔媚只是在身后摆摆手，看着他们走。柔媚刚要低头，小纹的男人把头抬起，狠狠地多看几眼柔媚，并且有意眨了一下眼，肉麻得很。

小纹欢欢喜喜地走了，柔媚想其实爱和痛不过是一张纸。

柔媚回到家的时候，太阳已经偏西了。推开门，看到曾玉清阴沉着脸，她知道，他又以为自己和哪个男人约会去了。

柔媚懒得解释，走回画室。

画室一片狼藉，好像经过了一场浩劫。

柔媚慢慢蹲下去，自己辛辛苦苦画的画居然都被撕得粉碎。

她一片一片拣起自己的画，手指不停地抖。

忽然她看到了连心破碎的脸，再看自己的画橱被打开了，里面的东西滚得到处都是。

她坐在地上，心似死灰。

不知道过了多久，天灰了，黑了，柔媚依然坐在地上。

接着门响，曾玉清出去了。

柔媚坐在黑暗里，一双迷茫的眼，伤心欲绝。

一夜到天明，曾玉清回来的时候看到柔媚依然抱着腿坐在那里。

曾玉清看了很久，快乐的感觉没有维持几秒，就剩下痛了。

他走过去，蹲下说："媚儿？"

柔媚的眼依旧迷茫地看着他。

曾玉清伸手握柔媚的手，感觉柔媚的手烫烫的，把手放到了柔媚的额头上，好热。他轻轻一拉，柔媚倒在他怀里。

病了的柔媚安静而单纯，像个孩子。

曾玉清恨自己折磨她，可是每次又忍不住，看着高烧的柔媚，心跟着痛。

玉清的父母最见不得柔媚生病，就是不明白怎么柔媚嫁了人却总是病。看曾玉清一天到晚都为她已经熬干了，怎么就让他娶了一个弱不禁风的媳妇儿。

柔媚这次病得很重，连着几天发烧，人都没有什么生气了。

岳母的焦虑一如曾玉清的悔恨，与日俱增。

医生总是说："很奇怪，怎么就这么重呢？等等看吧，病人好像没有什么活下去的意志。"

"什么话啊！我女儿过得好好的，怎么会想死？"

曾玉清听着心凉，他看着柔媚很久，想媚儿能快些好起来。

我发誓，不会再生气，不会再让你伤心。现在只要你好起来，求你好起来，求你。媚儿不要离开我，求求你，不要离开我。

他握着柔媚的手，泪滴滴到柔媚手上。

一个星期后，柔媚醒了。

第一个看到的是曾玉清，似乎老了20几岁，然后是父母焦急的脸。

“爸爸……妈妈……”

“好了，好了，好了就好。”母亲盈盈的泪眼。

“媚儿，你把我和你妈急死了，”父亲拉过曾玉清说：“把玉清吓坏了。他整天的把你喜欢的音乐放给你听，说你听到就喜欢了，就好了。”

“爸爸妈妈，让你们担心了，对不起。”

“说什么呢，只要你没事就好了。”

清醒的柔媚更加不爱讲话，只是喜欢静静地看外面的孩子，看着孩子跑来跑去的，就会笑一下。曾玉清不敢去问她看到了什么，想着柔媚喜欢画画就给她带来了画架，可是柔媚看到了画架，脸上还是一种心痛的表情。

只有父母来的时候柔媚才会说两句话。曾玉清知道柔媚不想见到他，曾玉清却真的希望可以再回到从前，像对待公主一样对她，再也不要伤害她，只要她好好的，只要她常常露出笑脸就够了。

看着柔媚黄黄的脸，曾玉清想，要爱她，就不要让她痛。

-D-

姐姐闹着要回家，连心知道是自己伤了姐姐的心。可是回去又能怎么样呢？姐夫不务正业，还监外执行，借了几万块的债，还没有还完，现在又在和她闹离婚。

“姐，你就别走了。”

可是姐姐看着小宛的神情是非走不可的，连心知道自己把姐姐得罪了。“好吧，姐，你把这个拿上。”

“这是什么？”

“这是农业银行的存折，你把密码记住，要用钱就去取。”

“我要这个干啥，家里还有钱呢。”此时，姐姐有点后悔说走了，家里的孩子都说让她多赚点钱回来。她知道弟弟心疼自己，给的钱也格外多。家里的男人更是一个电话接一个电话说她好，说让多寄点钱，还说没有去找那个女人了，只是一门心思等她。

弟弟认准自己是要走的，小宛更是把她当眼中钉、肉中刺，一天到晚把自己看得很紧，现在省点买菜钱也难了。还是回去吧，终究是自己的窝。那个死男人回来了，还真想他呢。她在这一瞬间忘记了为他吃的所有苦和他的不好。

连心为姐姐买了很多吃的、用的，整整两大包。姐姐一连声说，够了够了，还是舍不得，最后全带上了。加上自己的一点旧衣服和小宛穿了不要的，辰辰穿剩的，又多了两个包。

“姐，这个就不要了吧？”连心看着姐姐收拾得辛苦，东西全是旧的，还很沉，问姐姐。

“要呢，咋不要呢？这个好，你看这个料子多结实，在家很难买呢。”

“你喜欢，我帮你买新的。”连心想，究竟是小宛扔掉的。

“干啥呢？这个就好。连心啊，有钱也不是这样子用的，姐姐知道你现在赚得到钱，但钱究竟是辛苦赚来的，你好歹要留一手，我看你媳妇花钱的架势，总是担心你。”

路上也不忘记还要叮嘱几次，她知道连心不会听的，可是说惯了他还是要说的。

连心把姐姐送上车，看东西都收拾好了。

“姐，我知道了，我会注意的。这个是车票，是软卧的，你在这里可以睡觉了。”

“咦，干啥呢？还买那么贵的票，你个天杀的……”

想了一下究竟是不该这样说连心，就改了口说：“小心，不是姐姐说你，钱是要省着花的，这个太贵了，你买个座位就好了，我还说今天这个座咋那么大呢。哎呀，还这么贵，你看看，这个，唉，你啊。”

连心微笑着看姐姐，看她和母亲说着一样的话，总是想笑。

又拿出一些钱说：“姐，这个你路上买吃的，记得别饿着。”

“不用，我有呢，我带了鸡蛋，你看，我煮了那么多鸡蛋。”

“那好，我走了。”

车开了还叮咛，“记住姐姐的话啊，要省点花钱，可不能老是由着小宛乱来哦。”

火车走了，连心想着姐姐，也想起了母亲。想她们都是苦一辈子，省一辈子，可是男人给他们的情却是少之又少。

所有男人都习惯了女人为他们付出一生。等到女人青春逝去，人老珠黄了，也不一定换得一个与子偕老。

连心看着火车走远，点了一支烟，看着烟在风里飞散。不知道从什么时候他养成了一个习惯，喜欢点起一支烟，任它燃着，看着它被风吹散。

小宛没去送姐姐，姐姐走了，她还要拍手称快呢。

可是想着连心又不知道背地里给了姐姐多少钱她就心疼得不行，总是觉得要花够一样的数才安心。因此她一早就去购物了，不管是什么，买了一堆，然后又发现自己居然买了一堆没用的。怎么就不会把钱存起来呢？想想下次要把钱放起来，这样即使连心不要自己了，还是可以过日子的。但是下次依旧忍不住。

连心回到家的时候，刚好看见小宛对着一堆衣服、鞋子发呆。

“小宛，怎么了？”

“连心，我是不是很不好？”小宛抬头看着连心。

连心揉揉她的头发，“怎么会呢？”

“我老是喜欢买东西，可是买了又不喜欢，姐姐说我爱乱花钱。”

连心微笑着想：“究竟是受到了姐姐教训的影响。”安慰着说：“傻，钱本来就是花的。不花，赚来干嘛？”

“连心你娶我是不是后悔了？”

连心把小宛抱起，放到腿上，轻轻地摇。

连心想起很久以前认识小宛，那时她还小，老是想妈妈。她问连心：“妈妈怎么不来看我呢？连心，妈妈是不是不要我了？”

连心就是这样把小宛抱在腿上轻轻地摇：“傻，你还有我呢。”

“怎么会呢？小宛，我只是怪自己没有好好照顾你，让你受了那么多的委屈。”

小宛把手搂在他的脖子上，像两条蛇，“连心，不要离开我！”

“傻，我怎么会离开你呢？”

“连心，你还爱我吗？”

连心看着小宛期盼的眼神，郑重地点点头。

小宛松了一口气说：“我就知道，一定是那个贱女人勾引你，要不你怎么会那样。”

连心的心事瞬间被勾起，想着自己看到的《女画家的婚外情》。文章说：“柔媚病了，不知道是真的还是假的。他可以想像得出柔媚的苦，忽然心疼得脸上抽紧。”

“连心，怎么了？是不是哪里不舒服？要不要看医生？我觉得你真的要去看一下，你不要吓我，连心。”

“我没事，我去坐坐就好了。”放下小宛，连心踉跄着回到书房，把头掩在手心里，不敢看柔媚的画，怕看了忍不住。

-E-

柔媚回家了，瘦了一圈的她失去了往日的神采，就像从死人堆里拉回来的。曾玉清抱着柔媚上车的时候，感觉柔媚轻得好像一片雪花，给点温暖即刻就融了。

柔媚并不拒绝曾玉清，可是很多时候曾玉清觉得柔媚的人回来了，灵魂还不知道在哪里游荡。

“媚儿，你看我把谁带来了？”

“柔媚姐姐！”

柔媚的脸上居然有了笑，“小威！”

“姐姐，你怎么都不去看我呢？姐姐，你怎么那么瘦呢？姐姐，哥哥说你生病了，我就来了，姐姐，你怎么了？”

柔媚用手抚摩小威的头说：“姐姐不是好好的吗？”

“姐姐，我真的好想你啊！院长和我们都想你。”

“姐姐生病了，没有去看你们，你们生气了没有？”

“没呢，姐姐，我告诉你一件事情，你看……”

“是你画的？”

“嗯，是，姐姐，我的画获奖了，是市里组织的，二等奖。”

“真好，小威真棒！”姐姐看看。

“嗯，画得真好！”

“姐姐，我想看你画画。”

柔媚笑笑说：“好。”

曾玉清把画架支好了，把笔递过来。柔媚抬头看了他一眼，没有说话，接过画笔。曾玉清把大衣给她披上，感觉柔媚又瘦了很多。

“姐姐画什么呢？”

“姐姐，我最喜欢你画的画了，你画什么我都喜欢。”

“好，姐姐就画一张小威，好不好？”

“好啊……好啊……”

柔媚的手长时间没有握笔，感觉有些生硬了，笔握在手里，眼泪瞬间滴落。

“姐姐，姐姐，你怎么了？姐姐？”

“不怕，小威，姐姐是有点感触。”

“姐姐，对不起，我不知道你会生气，我不知道。”

对小威来说，柔媚几乎就是他生命的全部，他渴望柔媚快乐，所以对玉清哥哥说的话深信不疑。可是姐姐居然哭了。

“没有，小威，姐姐真没有生气。”

接过玉清递过来的纸巾，擦干泪水，“好了，姐姐真的给你画画。”

“姐姐你要是不想画，就别画了。”小威从小就具有较强的敏感力和观察力。

柔媚抚摩着小威的头说：“傻孩子，这个是姐姐一生的最爱，怎么会不画呢？”

小威点点头说：“姐姐，我也要一生爱画画!”

曾玉清远远地看着小威和柔媚，心里一阵凄苦。

爱一个人，终究要为那个人付出一生才算的。

“来，来，来，吃饭了。”曾玉清怕柔媚一个人寂寞，就找了一个保姆来照顾她，可是饭菜还是自己动手做给柔媚吃。

“小威来叫姐姐吃饭。”

小威把头贴在柔媚的脸上，嘴巴对着柔媚的耳朵说：“姐姐，我肚子饿。”

“啊？你没有吃饭？”

“嗯，今天急着来看你，所以没有吃早餐。”小威摸着肚子说：“你听，还响呢。”

柔媚笑了一下，“坏孩子，饭也不记得吃！”回头看曾玉请把饭都摆好了，就说：“姐姐请你吃。”

“嗯，姐姐，我要你陪我吃。”

“好。”柔媚牵起小威的小手。

曾玉清看着柔媚和小威坐下来，才坐下，“小威，来，多吃点，你喜欢吃什么？”

“姐姐，你要多吃点，你太瘦了，姐姐你吃这个，还有这个，这个。”小威拼命给柔媚夹菜。

柔媚的碗一会儿就堆起很高。

柔媚看着淘气的小威说：“好了，姐姐吃不完。”

“要吃完的，姐姐，你不可以浪费哦！那是不文明的哦。”小威目不转睛地看着柔媚笑。

柔媚笑着推了一下小威，“好啊，来给姐姐上课了。”

“呵呵，姐姐，你吃啊，我喜欢看你吃饭。”

“嗯，姐姐吃。”柔媚的泪几乎又落下来。

“姐姐，你什么时候去看院长啊？院长阿姨好想你呢。”

柔媚看着他，想了想说：“姐姐病好了就去看她。”

“那我们来看姐姐好不好？”小威看看曾玉清说。

曾玉清连忙点头，说：“好，好，我每天去接你们来玩。”

“那怎么行，你还要上课呢。”柔媚笑着说。

“姐姐，我下了课就可以来了，你要教我画画呢。”

柔媚微笑着摇头，“真是个坏孩子，好吧。”

“呵呵，真好哦，姐姐真好，我可以天天看到姐姐了，真好！”

看着小威开心的样子，柔媚忽然想起文卉那双渴望的眼睛。

她抬头对曾玉清说：“姐姐有没有把孩子送去上学？”

“我没有问，那我问问看？”

柔媚淡淡地说：“如果没有，你去把她接出来吧，我们送她上学。”

“好，好，那我去问问。”

“也不用忙，吃过饭再问吧。”

曾玉清呆呆地想，差不多一个月了，她第一次关心他吃没吃饭。他乐得几乎想抱起柔媚，可是又不敢，怕把她惹厌了。

-F-

连心的工作越到年关越忙得顾不上吃饭，小宛总是一次次的往返于连心公司和家之间，顺便也买一两件衣服。

每次来的时候，女秘书都是习惯性地把门打开，让她进去，然后与她攀谈。最近女秘书好像有了一个很帅并且很有钱的男朋友，对连心也疏远了，恨不能即刻把她和公司的关系撇得干干净净的。看那意思，你不用我，我还不做了，大不了嫁人。

连心总是想，女人把一生押宝一样地押到了嫁人这件事情上，殊不知嫁了也不一定是一辈子的事情。

有几个女人懂呢？还不是一个个急忙忙地往男人的怀里钻，生怕晚了就嫁不出去了。

姐姐还是一个接一个地打来电话诉苦，说姐夫还是那样，把她的钱都拿去给那个野女人了。

连心知道姐姐是真心爱着她的男人，只是爱里多几分痛罢了。

“连心，在做什么？”小宛在门口露了半张脸，调皮地问。

连心知道她是不放心，总是看着他才觉得放心，也就由着她了。小宛究竟是把一颗心放在他的身上了，虽然是负担，但总是自己的。

小宛喜欢坐在连心的对面，看着连心忙着和别人讨论事情，看着连心接电话，看着连心签一张张的单。她忽然觉得连心不容易，每天那么辛苦，上了班就几乎没有停过，完全不是她在家里想像的样子。小宛为他心疼。

不忙的时候连心会看小宛一眼，问她累不累，闷不闷，要不要喝水。

小宛喜欢连心关心的表情，但是久了，还是厌了。

一开始还整天地跑，后来就一个星期去一次，过了几个月就一次都不去了，总觉得没有打牌舒服。

家里又开始多了很多不认识的人，每次回来的时候连心看着小宛打牌的背影，懒得一句话也不想说，总是去逗辰辰。

辰辰差不多3岁了，一双大大的眼睛，固执而安静。很多时候连心看着这个表情都会想到小时的自己，觉得亏欠孩子太多了。

“辰辰，你恨爸爸吗？”

“我爱爸爸。”辰辰喜欢爬到连心的背上，然后从上面翻下来。

“嗯，爸爸也爱辰辰呢。”

“爸爸，你是不是不要我和妈妈了？”辰辰大大的眼，忽闪着。

连心看了孩子很久，问：“你怎么会这样问？是妈妈和你说的吗？”

“不是，是我自己想的。”辰辰回头看看妈妈，辰辰最不喜欢妈妈打牌。

“为什么？”

“妈妈打牌就不理我们了。”

连心抱着辰辰，很久才说：“爸爸对不起你。”

“为什么说对不起？是不是你要和妈妈离婚了？”

“你怎么会说离婚的话？谁教你的？”

“是我们班的小朋友，叶遥遥的妈妈和爸爸离婚了，离婚的孩子最可怜了。”

“辰辰，傻孩子，爸爸怎么会和妈妈离婚呢？爸爸爱你和妈妈。”

“爸爸，你最好了。爸爸，你什么时候带我去儿童乐园玩？我的同学都去过了，我还没有去过呢。”

“好，让妈妈带你去。”

“哼，你们大人都会骗人，都说要去，结果都不去。妈妈都答应我好多次了，可是老是说话不算数。”

连心回头看看小宛，想：这样下去会带坏孩子的。

“好，爸爸带你去。”

“真的，爸爸，我好高兴哦，爸爸现在就去。”

“好。”连心笑着答应。

“连先生，你去哪里？”保姆一边把饭摆在桌子上一边说。

“阿姨，我们不吃了，我带辰辰去儿童乐园玩。”

“那么晚了还去啊？”

“嗯，不用等我们吃饭了，辰辰去告诉妈妈。”

辰辰高兴地跑过去亲亲妈妈说：“妈妈，爸爸带我去儿童乐园哦。”

一路上辰辰兴奋得不得了，看见什么都快乐。连心想：“父母生育孩子以为自己就是功臣了，有几个父母仔细想过要为孩子负担多少责任呢。”

小宛看着孩子和连心快乐地走了，想：怎么突然间要带着孩子去玩？

想着想着，牌怎么也打不下去了，“不打了不打了。”

“干吗不打了？”输的人自然是不干的。

小宛看着那个人说：“我不打了，我不想打了。”

“打完这圈，哎，小宛，把这圈打完。”

“不打了！”小宛站起来把牌推散了，大家看了看，谁也没有说话，起身走了。

小宛出了门，叫了一辆出租，赶去儿童乐园。由于出门太急，居然穿了一条睡裤。

找了很久，没有见到。

小宛忽然想，那个女人又来了！恨得她心都硬了，想，不知道又去哪里亲近了。想着想着泪水就下来了，刚要转身回去，却正好看见父子俩坐在滑车上，一上一下，孩子大声地喊："妈妈！"小宛提得老高的心终于放回了肚子。

看着父子俩快乐的样子，小宛也笑了。这才记得自己走的匆忙，居然忘记了最后一把牌她是青一色，好不容易做了一副大牌，可惜了！

连心看了看小宛，微笑着说："你怎么赶来了？"

"还问我？我还要问你呢。怎么就带孩子来了？也不告诉我。"

"孩子不是说给你听了吗？"连心知道小宛不过是找茬。

"妈妈，好好玩哦，你也来，爸爸你也来。"

"你和妈妈去吧，爸爸累了，休息一下。"

"快来妈妈，快来……"

连心看着小宛和孩子走远，怎么好像一转眼什么都老了。记忆里见到柔媚不过是昨天的事情，怎么自己的孩子都到处跑了。

-G-

柔媚在孤儿院开了一个绘画班，孩子们在有空的时候都可以来学，所有喜欢涂鸦的孩子都把柔媚当做了仙女姐姐。对孩子来说，只有仙女才可以这样满足他们的所有期待。柔媚来的时候就是过节，孩子们围着柔媚看，听她说软软的话。

小威俨然是柔媚的小助手。

文卉已经上学了，她也是最爱柔媚的，一天天跟着柔媚喊嚷嚷。

小威不喜欢文卉把柔媚缠得紧紧的，老是找文卉吵架。柔媚几乎每天都在断他们俩的官司，但不知什么时候他们俩又悄悄好了。

柔媚看着孩子绕在身边跑来跑去的，很快乐。

"柔媚，你看，你一来，孩子们都快乐了，院长50多岁，为了孩子没有结婚。对她来说，孩子就是一切，她把所有的心血都给了孩子。”

“院长，呵呵，他们喜欢画画呢。”柔媚非常尊重院长，一个人的爱可以如此无私，有几个人能够做到呢？

曾玉清晚上来接柔媚的时候，那些孩子看到他总是大声地叫哥哥。

“哥哥，明天还要送仙女姐姐来哦！”

“嗯，我们明天还要来！”文卉先就答应了，看着小威沉默的脸，她跑上去，拉着小威的手说：“小威哥哥，我明天还来看你。”

“好，文卉妹妹，我等你。”

柔媚看着小威和文卉，神情呆了呆。回想起自己上学的时候，每次分手时曾玉清都舍不得她，总是把她的手握了又握，然后才放手说：“我明天还来看你！”

时间居然带走了生活里所有的美好。

柔媚回头看曾玉清，曾玉清也想起来了，看着柔媚。

眼底有泪。

曾玉清把手伸出去，想握她的手，柔媚把手给他。曾玉清怎么都想不到，过了那么久他们还会再次牵手。

柔媚心潮翻滚，思绪万千。

文卉跑上车坐好，很久了仍挥着小手对小威大声地喊：“小威哥哥，我明天来看你！”调皮地对所有小伙伴飞吻，“我明天来哦！”

“要走了？”柔媚问文卉。

文卉才转过头看着柔媚，“孃孃？”

“嗯？”柔媚转头看着她。

“为什么我们不可以把小威哥哥接到我们家来？”

柔媚看看曾玉清。曾玉清慢慢地说：“文卉，可是他的家在这里啊！”

“才不是呢，小威哥哥说他的家不是这里，这是孤儿院。他一定会长大，长大就有自己的家了。小威哥哥好可怜哦。”

柔媚沉默了很久，她知道，靠自己一个人的力量来救助所有的孩子是不可能的，她只能尽力去做。

她成立了一个基金会，把自己卖画的八成收入转入基金会，这部分款项用于失学儿童的救助。

曾玉清知道柔媚难过什么，越了解她就越心酸。以前他总以为柔媚是个养尊处优的孩子，了解了才知道柔媚原来有颗温柔、善良的心。

“慢慢来，总会有更多的人了解你，总会有更多的人支持你的。”曾玉清把柔媚的手放在唇边轻轻地吻。

“舅舅没羞……舅舅没羞……”文卉在后面不停地喊。

曾玉清笑笑，看着文卉，“我怎么没羞了？”

“哼，亲嚷嚷呢，还不没羞。”

柔媚笑笑说：“可不是真的没羞！”

“哈哈，舅舅，男生亲女生，没羞！”

曾玉清看了一眼柔媚羞涩的脸，回头对文卉故作生气地说：“小孩子不准乱说话。”

“哎。”文卉调皮地把个小舌头伸得老长。

曾玉清笑了，柔媚也笑了。

这个孩子几乎成了他们夫妻的全部乐趣。

夜里，柔媚一个人坐在阳台的椅子里轻摇。曾玉清睡了一觉醒来，摸摸身边是空的，爬起来，看到阳台上的小灯是开着的，知道柔媚又睡不着了。自从那次生病后，柔媚就常常失眠，勉强睡了，也会被噩梦惊醒。

曾玉清知道自己是真的把柔媚吓着了。

他走过去，发现柔媚正望着天边的星星出神。

他不敢走近，怕吓到她，故意咳了一下。果然柔媚好像从梦里惊醒了一样，回头看了看他说：“你也醒了？”

“在看什么呢？”曾玉清走过去也坐到吊椅上，轻轻晃动着。秋千架吱嘎地响，好像走了千年的古钟，没了油。

“看星星，每颗都漂亮，我喜欢！”柔媚望着星空柔柔地说。

“喜欢，我帮你去摘！”

柔媚看了他一眼说：“怎么学会花言巧语了？”

“让你高兴一下。”

柔媚唇角微微翘了一下，算是表示，还是看着星星。

“媚。”曾玉清看着柔媚低声叫。

“嗯？”

“我一生里最想做的事情就是给你快乐和幸福。”

柔媚侧头看看他，曾玉清的脸在暗影里，一双眼睛深深地注视着她。

曾玉清伸手握柔媚的手，软软的，感觉很舒服。

十一

连心很久没有柔媚的消息了。那篇与女画家的婚外情，因为某种原因被停止连载了，对连心来说，是开心的。只要不让柔媚受伤的事情都是好事，可是自己却再也没有了柔媚的消息，甚至画界的消息都很少。

连心常去看展览，可是少见柔媚的画，就是有也不过是些旧作。连心不知道柔媚怎么样了，更不敢打听。他明白，很多时候自己带给她的不是快乐，而更多的是痛。连心只能等，等老天让时间再错一次，让他们可以再相逢。

时间却老是慢悠悠地走着，一秒胜过一年，耗得人没了精神，心都倦了。

“连总，你好，这是我的辞职报告。”

女秘书总算是可以出一口恶气了。什么破公司，害得本小姐青春都虚度了这些年。

“我要结婚了。”

“呵呵，好啊，恭喜恭喜，什么时候举行婚礼？”连心急忙问。

“没有那么快！”女秘书娇滴滴地说：“他不让我做事情，说太辛苦了。”

“哦。”连心心沉了沉。

“这个，你可以不用这么快辞职的呀，做到结婚再辞职也不迟啊。”

“啊，不做了，太累了，这些年人都老了。”

“呵呵，那是，那是。那好，我就不做恶人了，批了，不过要一个月后才可以走的哦。”

“嗯，知道了，连总。”

“那好，帮我通知人事部说我要找个人顶替你的位置。”

“好，连总，我结婚的时候你一定要来哦？”

“一定来！”

女秘书这才舒展着腰身出去了。

连心苦笑，还没有结婚就已经不做事情了，如果真的有个意外的变故，岂不是损失了一份优越的工作？

连心想：究竟是自己老了呢，还是自己在围城里呆太久了，了解得太多了呢？

柔媚估计小纹要生了，就打了一个电话给小纹，问她好不好，有没有生，在哪里。

小纹紧张地说："还没有生，一家子都紧张得要命，在医院里呢。"

"我来看你，"柔媚知道自己帮不了小纹什么大忙。但生孩子是女人一生中的一个关口，怎么也都要去陪一下的。

曾玉清看着紧张的柔媚说"怎么那么紧张？其实没什么的，生孩子又不是什么大事。"

柔媚皱皱眉头说："说什么呢？"

曾玉清不敢再说话，在老家看惯了姐姐一个接一个地生，也都没有见到她们紧张。可是看着柔媚紧张。自己居然也有点紧张了。

到医院的时候，产妇凄厉的哭喊声一阵阵地传出，医生在楼里跑来跑去。

"请妇产科的张主任尽快到手术室……请妇产科的张主任尽快到手术室……"

"然后是一阵子慌乱，情况怎么样了？"一个教授模样的人一边走一边问身边的人。

"血压太低，孩子和大人都有危险。"

"怎么血压那么低，都没有见过。"

柔媚看了很久也没有看到小纹的老公，混乱里还是看到小纹的妈妈坐在那里。

"伯母。"

"你是？"

"我是柔媚，小纹的同学啊！"

"哦，想起来了，你到过我家去，我怎么就这么命苦呢？小纹难产呢！"

柔媚想起医生的行色匆匆，难道是小纹？她回头看了看曾玉清，对小纹母亲说："伯母，小纹福大命大，会没事的。"

接着听到了孩子的哭声。“啊！生了？”母亲站起来踮着脚看。

护士抱出来一个孩子，“18床的，谁是家属？”

“我是！”小纹的老公总算出来了。

“孩子生了，是个男孩子。”

柔媚笑了，小纹知道一定高兴，一家子都高兴地笑了。

小纹的母亲说：“我女儿呢？我女儿怎么样了？”

护士为难地说：“产妇过世了。”

“啊！”小纹的母亲晕了过去。

柔媚的泪水再也忍不住，身体一软，倒在了玉清的怀里。

医生、护士赶紧给老人做人工呼吸。

小纹的母亲慢慢醒过来了，放声大哭。

“小纹……”声音悠远而凄厉。

小纹的哥哥把母亲扶回去了，看着老人渐远的身影，柔媚的心一阵凄苦。

“玉清。”

“我想去妈妈家。”

“好。”

车到了，看见了妈妈的房子，柔媚想流泪了。看到妈妈就再也忍不住，抱住母亲泪流不止。

“媚儿，这是怎么了？媚儿怎么了？别吓妈妈。”

曾玉清看着母亲凄惶着脸说：“刚才小纹生产时过世了。”

母亲拍拍女儿的背说：“傻孩子，女人都要经过风口刀尖的，每个母亲都是这样过来的。”

柔媚抬眼看着母亲说：“妈妈，我让你受了那么多苦吗。”

母亲笑着说：“你也是妈妈一生最大的快乐啊！”

柔媚再把妈妈抱紧，“妈妈，我爱你！”

柔媚和小纹的母亲一起“送走”了小纹。孩子的奶奶说什么也不给孩子，说怕受了鬼气。为了这个，小纹的母亲和小纹的老公大吵了一架。柔媚站在小纹的牌位前想，生命是何其脆弱，想着想着泪滑落出来。

“小纹，你这傻孩子，你知不知道你老公签下的手术书写的是保孩子？你傻了，你还给他生！”小纹的母亲一边摸着小纹的牌位一边哭着说，“爱了一个什么东西啊！我说你，你总是不听我的！老天啊！叫我怎么活啊！”柔媚走上去，蹲下来说：“伯母您别哭了，你哭得小纹该不安生了。”

“是啊，妈，别哭了。妹妹傻，嫁了个混蛋，你不是还有我吗？”

老人家被儿子带走了。柔媚看着看着泪又落下来，想那个人居然都没有来送小纹。

曾玉清站在旁边想：“为什么要孩子呢？只要有柔媚就够了，柔媚快乐了，比什么都重要！”

十

连心觉得自己的身体越来越差，老是觉得自己的累不是种简单的累，可还是要撑着，怕自己倒下去了，就什么都没有了。

“连总。”

“嗯？是你？”

居然是自己的前任秘书，自从走了就没有了消息，怎么忽然又跑来了？

“连总，我想问问您，我想做以前的工作行不行？我听说现在的秘书要结婚了。”

连心笑笑说：“你还真是消息灵通，好啊！你来更好，你比较熟，我也放心。”

“连总，您的脸色不太好。”

连心笑笑说：“没事。”说着说着人就晕过去了。

“啊，连总……连总……”女秘书连声叫，把所有人都惊动了，叫救护车的叫救护车，急救的急救，忙得所有人都转来转去。

还有人奇怪——怎么看见女秘书就晕过去了？

连心被送到医院的时候小宛拖着辰辰来了，“怎么样？我老公怎么样？”她失了魂魄地问。

女秘书看着小宛灰灰的脸，觉得她的衣服也不怎么光鲜。奇怪，那么好的男人怎么就娶了这样的女人呢？女人在看女人的时候永远是看她的不好之处。

醒过来的连心看着已经哭成泪人的小宛，想她终究是要难过一次了，以前她没经过什么风雨。

“傻孩子，哭什么？”连心逗小宛。

小宛紧紧地拉着连心的手，连着声地说：“你怎么了啊？这到底是怎么了啊？怎么就晕过去了呢？”

连心拍拍小宛的手说：“我没有什么，就是太累了，一时居然睡着了，他们还以为我怎么了呢，你看我不是好好的吗！”

“连总，医院要让你做一次全身检查。”女秘书推门进来。

“查什么呢，没事的，回去了，回去了。”连心下意识地要逃。“一下就好了，哪里要那么大阵势，吓到我喽。”

“不行，一定要查！”小宛突然说。

连心笑笑：“那么坚决，看着都不像你了。”

小宛握着连心的手，看着连心笑了，心里先就安慰自己了。

连心捏了捏她的手说：“看你总是没有事情做，怕你闷坏了，所以就吓你一下啊！”

“真的没事？”

“当然是真的！”

小宛还是不放心的，可她相信连心，或者说不相信命运会如此残忍。

其实有谁相信自己的命运不好呢？人们总希望自己是长命百岁的。

小心翼翼地看着连心的眼睛，小宛显然还没有从惊吓中苏醒，怕自己看错了，怕连心倒下去再也起不来了。

“你真的没事？”

连心伸手摸摸她的脸，怜惜地说：“我没事，你看我不是好好的吗？”

小宛想，自己吓着自己了，也许他真的是一时累了。

女秘书的眼里明显有暗影，连心知道她是受了打击。其实人都是跌倒了爬起来才会长大的，何况女秘书本就是经过了太多商场上欺诈的人，这次也不过是一时走了眼。连心知道她总会站起来的。

女秘书明显感受到了连心的照顾，其实人都是因为自己在境遇不好的时候才会对别人的话有很鲜明的感受。

女秘书不敢祈望连心对她多一点疼爱，只想在连心一个人的时候给他一点关心就够了。她常常看到的是连心寂寞的眼神，看得久了以为连心是受难的公主，而自己就是个仗剑的骑士。

久了她自然了解连心心里还是爱着那个女人的，她去收集了那个女人所有的资料：

柔媚，女，身份：画家；婚姻：已婚，未生育；25岁大学毕业，和相恋6年的男友结婚，并就读于岭南画院。27岁时画作《海魂》获金彩奖。并有多幅画作被收入美术集。无不良嗜好，喜欢扶助失学儿童，并捐献过巨款给慈善总会。

看了这些资料，女秘书有一丝愕然。这个世界上还有这么善良的人。自己家庭贫寒，求学之路异常坎坷，很多时候要付出数倍于他人的艰辛。

看着柔媚的资料，女秘书感觉这是个可敬的人。

对连心的了解越深就越知道自己和柔媚差得很远，再也不敢痴心妄想了，她开始希望连心可以拥有自己想要的生活。

八

“媚儿，你看！”曾玉清在远处举着一个大大的海螺。

柔媚回头看着他，笑了笑。

远远望去，海浪翻滚着，逶迤绵延，好像就是一幅画。

孩子们在海滩上跑来跑去，只有小威一个人安静地坐着。柔媚走过去，坐在小威的身边。刚认识小威的时候，小威才只有8岁，倔强，桀骜。

院长告诉过柔媚小威的身世：小威的家乡闹过水灾，父母都被洪水冲走了，他被挂在树梢上三天三夜才得救，这孩子亲眼看到父母为救他而被洪水卷走。

“小威，你在想什么？”

“柔媚姐姐，我在想人总是会长大的。”

小威的嗓音有些变了，听上去有点男人的味道。柔媚还能清晰地记得自己第一次去孤儿院领养孩子的时候，小威是怎样抵触她的亲近。

“是，那是一定的。”柔媚伸手揉揉小威的头发，小威的发质很硬。院长就曾笑着说：“这样的人很坚强，能干大事。”

柔媚仍然当他是个孩子，“你长大了做什么？”

小威看着柔媚说：“姐姐，我已经不是孩子了，怎么还要考我呢？”然后看着远处的海，接着说：“我要和姐姐一样做画家！”

柔媚摸着小威的头发微笑地说：“你不是孩子了，做画家是很辛苦的。”

小威微笑着说：“姐姐都不怕辛苦，我怕什么？”

柔媚点点头说：“姐姐认为你是个男孩子，应该去做一个男孩子该做的事情。”

“什么是男孩子该做的事呢？”小威几乎是和柔眉在打趣。

“你这孩子，调皮！”

小威抗议地看了看柔媚，低声说：“姐姐，我不是孩子了。”

柔媚笑笑说：“孩子都说自己不是孩子了。”

小威不再和柔媚争执，他喜欢柔媚笑着说：“你这个孩子。”

看着远处和小朋友玩到一起的曾玉清，小威又问：“姐姐，你爱玉清哥哥吗?”

柔媚侧了侧脸说：“小孩子怎么问这个?”

“姐姐，我觉得你不爱他。”小威看了看柔媚低声说。

柔媚惊异地看了一眼小威，难道旁观者真能看得那么透了？竟连孩子都能看出来!

“你知道什么？小孩子不要乱说。”

小威看着柔媚说：“姐姐，我知道玉清哥哥最爱你。”

柔媚侧侧脸，面上一片潮红说：“说什么呢？你知道什么？”

“我知道自己很想快快地长大！”小威伸了伸腰，大声地说。

“嗯？那是为什么？长大是最辛苦的事情。”柔媚溺爱地看着他，好像母亲看着自己孩子的眼神。

小威忽然眨眨眼说：“等姐姐不要玉清哥哥了，我来娶姐姐。”

“哈……被我抓到了，那么小就痴心妄想了？”曾玉清大声说。

小威回头看着玉清也笑了，柔媚却是吃了一惊，“这孩子怎么忽然就不像孩子了？”

回程的时候，大的小的一车，和来的时候一样——玉清押车。小威和文卉唧唧咕咕说个不停。

送回了孩子，文卉说什么也不肯和小威分开，一定要住在孤儿院里，还振振有词地说："嬢嬢，我也是没有父母要的孩子呀！"

小威扶着文卉的肩膀说："你说这话真的让柔媚姐姐伤心。"

玉清惊异地看着小威想："这个孩子真是不可以当孩子看了！"

柔媚温柔地说："小威，一起来吧！"

小威看着柔媚说："不要了，我在这里，文卉上车。"

文卉是怕小威的，"小威哥哥，我明天来看你！"

"好！"小威对文卉摆摆手。可在玉清的眼中，小威似乎看的不是文卉。

-七-

文卉终究是孩子，回来洗完澡很快睡了。柔媚给她盖好被子，自己也累了，仰躺在床上，感觉精疲力尽了。

"媚儿。"曾玉清贴着她的脸。

"嗯。"柔媚闭着眼，把手放在胸口上。

"看我给你什么？"曾玉清炫耀地说。

"不看！"柔媚懒懒地说。

"看一下！"曾玉清哄孩子似的说。

柔媚翻了个身说："不看，累！"

"看一下嘛！"曾玉清搬柔媚的身体。

柔媚拗着说："不！"

"唉！那我只好把张大千送走了。"曾玉清淡淡地说。

柔媚连忙睁开眼，坐了起来，看着曾玉清手里的画卷。

打开一看是《石洞飞虹》！"嗯，这个是赝品？"

"嗯，是赝品。"曾玉清尴尬地说。

柔媚笑咪咪地说："可还是仿得不错，哪来的？"

“托朋友弄的。”

“真的是好东西！”柔媚笑了。

“喜欢吗？”曾玉清看着柔媚笑了，温柔地问。

“喜欢！”柔媚点头说。

“玉清，有件事情要和你说。”

“什么事情？”看着柔媚郑重的表情，玉清的心都提到嗓子眼了。

“是关于小纹的。”

“哦，没问题，什么事情？是不是小纹家里有什么困难？还是她的孩子怎么了？”

柔媚看了玉清很久，眼睛湿润了。

“看你小孩子的样！”

“为自己的事情都没见你求我，怎么为了人家的事情就高兴得掉眼泪了？”

柔媚温柔地说：“为自己的事情求你觉得自己过分，可是为人家的事情，你居然也答应，那我才知道你的心。”

曾玉清亲了一下她说：“傻子，现在才知道我的心？”

柔媚羞涩地脸都红了，玉清想：“现在这个社会居然还有人会脸红。”

“前天在路上，看到小纹的哥哥，他说小纹的母亲生病了。我想去看看她。”柔媚似乎还有话要说，可是想想还是不说了。

“嗯，我陪你去。”曾玉清知道柔媚的性子，所以也不逼她。

“好，我还想去看看小纹，不知道她一个人是否寂寞？”柔媚脸上一片哀愁，曾玉清想柔媚是自己寂寞了才会想起小纹是否寂寞吧。

曾玉清温柔地说：“她怎么会寂寞呢？她是个爱热闹的人，走到哪里都是笑。”小纹的开朗和柔媚的善感总是一对让人奇怪的组合。

柔媚上学的时候，曾玉清就知道了小纹是个爱笑的人，他总是想柔媚有一天也可以像小纹一样活泼该多好。

柔媚迷茫，痴痴地想。想着想着，泪水又落了。

曾玉清拥住柔媚。因为了解柔媚，所以要想出一点别的话来转移话题才可以。

“你的朋友太少了，总一个人，这样会闷出病来的。”

“玉清，你说会有一个冥界吗？他们怎么生活？是否也如我们一样，有家，有爱，有痛，有苦，有快乐，有悲伤？”

玉清想了想说：“我想是有的，要不人的灵魂都去哪里了呢？”

柔媚又笑了，点头说：“人家说灵魂是要散的。”

玉清说：“散了也要抓回来。”

“哈哈……你又成了僵尸道长了？”柔媚难得看电视，可是惟独对僵尸道长情有独钟，爱得不行。不仅仅是电视，连小说里的都会喜欢，爱了又怕，怕了以后不敢去洗手间，还是再看，看了又怕。

“天灵灵，地灵灵！”

“哈哈……哈哈……”

看柔媚笑了，玉清想，为她做什么都值得。

柔媚看玉清直了眼，拍了拍他的头说：“看什么，傻了？”

曾玉清说：“看你！”

柔媚转头，脸又红了。

-L-

秘书看连心总是忙忙碌碌，说：“连总，不要做了，那么辛苦干什么呢？已经很晚了。”

“晚了吗？我再做一会儿。”

秘书出去了，连心才停下来。

其实怕停下来的时候，自己会和自己说：“连心，你的生命可能不久于人世。”怕自己对自己说：“去找她并告诉她，你爱她！你不去就永远没有机会了。”

还是没有勇气，没有借口。这么多年，都是对得起小宛的，怎么开得了口呢？

对于连心，老总知道他最忠实的。把生意交给他，总是放心的，可是连心最近一段时间这么拼命，好像没有了时间似的，让他奇怪。

连心抬头就看见老总站在门口，“老总？”

“怎么还没有走呢？那么拼命做什么？”老总以为生活和工作是两回事，总得有张有弛，不能为了工作连命都不要。

连心笑笑说：“你不是也没走吗？”

“我？我刚才就走了，呵呵，回来拿点东西。”

“走了，走了！你的身体不好，不要那么拼命了，我请你喝一杯！”老总一惯体贴下属。

连心笑笑说：“好！”

连心说：“坐我的车！”

老总是有名的车盲，但那是要资本的，所以连心不敢感叹，只是拼命努力，希望自己到了老总的年纪也可以有个借口不用自己开车。

“你看那个女人怎么样？”车灯照着一个女人的背影，老总问连心。

“哪个？”连心看了一下。

“就是那个，看一下！”老总指着车窗侧面，“看，过去了！”

连心看车身侧是个窈窕淑女，一双修长的腿。

“不错啊！”回头笑着对老总说。

“怎么样，看看去？”老总看着，心早就飞了。

“呵呵，老总也有此雅兴？”

“男人嘛！哪个不好此道？你说呢？”

“呵呵……”连心眼前又浮现那双温柔的眼。

“哎，走那边了，我们也走那边。”老总回头看着说。

“这个不好吧？良家淑女，怕是有报警的可能。”

“唉！也是，想不到君子连心也有这个爱好。”

连心微笑，看上去有点高深莫测。

“哎，连心，听说你有个情人？”老总语气怪怪的。

连心忽然失措：“谁说的？”

“哈，露了马脚了！”

连心知道上当了，也就坦然了。半真半假地说：“可苦于没有时间和机会啊！”

“这有何难？你有假期，我用公司名义派你公出即可。”老总总是最乐意成人之美的，何况连心又是爱将。

连心微笑着说：“一言为定？”

“哈哈……好！好！君子有成人之美，这点小事不在话下，此行想去哪？”老总想知道这位据说是大美人的女子身在何处。

连心微笑着说：“最好是交通和通讯欠发达地区。”

“哈……高！高！真的是高！”

这晚二人尽兴而返，连心自然知道老总不过是希望自己多为他卖力而已。

第二天，老总下令让连心即刻起程，奔赴西北，考察行情。因彼处通讯不便，必要时可以电报联系。

秘书看到命令很是惊异，现在还有如此荒凉的地方吗？去了又干什么呢？

众下属都不得其解，老总终归有自己的理由。想不通还不如不想，回家陪老婆孩子更舒服。

-M-

曾玉清陪柔媚去医院探视小纹的母亲。小纹的母亲老了很多，比上次多了几许白发。柔媚看着老人，忽然想到父母抑郁一生，只盼望儿女为自己挣口气，可是到头来却是一场空。

玉清温柔地说："伯母您不用担心了，你不是还有儿子吗？"

柔媚碰了碰玉清，让他不要讲，这会让小纹的母亲更加难过。

"怎么一样呢？唉，小纹没了就全结了。小纹是我一生惟一的希望，为了她读大学，结婚，我把所有的一切都给了她。可是现在没了，什么都没了！"柔媚轻拍老人的背，不知该怎么安慰。

"我以后可怎么办啊？"

说着说着就老泪纵横了。

柔媚没有说话，只是在旁边陪着。曾玉清想这中间或许还有什么隐情，也不敢说话了。

"妈妈，你看你又是干什么呢？"小纹的哥哥走进来，看着母亲流着泪，有些不耐烦地问。

小纹的母亲立刻闭上嘴巴，泪水也不流了。

"让你们见笑了，母亲是老糊涂了。"小纹的哥哥看着玉清想：母亲和他们说了什么呢？以后还是少让他们来。

曾玉清愈加坐不下去了，看柔媚也有了想走的意思，就取出一些钱来，说给小纹的母亲买东西吃。

柔媚没有说话，小纹的哥哥顺手接过来，"你客气了，提来那么多的东西，怎么还拿钱来呢？"

"那我们走了。"曾玉清看了小纹的母亲一眼，她好像睡着了，闭着嘴巴。

"好，不送了。"小纹哥哥送到门口说。

"不用，不用。"

走了几步，曾玉清觉得柔媚很安静，问：“怎么不说话呢，媚儿？”

柔媚看了玉清一眼，闭了闭嘴巴说：“没事！”

曾玉清一向知道柔媚的嘴巴紧，不想说的你就是撬也撬不开。

“人家是给我的，说给我买东西的！”

“你住院不用花钱啊？”

“可是我的退休工资都在你们那里。”

“你那才多少！”

曾玉清听得清楚是小纹的母亲和她哥哥在争论，可是不敢肯定，步子慢了下来想听清楚些。

柔媚急急地拉着玉清走出医院，直到听不见了，才慢了下来。

玉清看了柔媚一眼说：“媚儿，你是个天使！”

柔媚的情绪显然很低落。

玉清微笑着说：“你不是要去看小纹吗？小纹喜欢什么花？”

听了这话，柔媚的泪又开始流了，怔怔地说：“她最爱玫瑰。”

不知道还有没有白玫瑰。玉清知道柔媚又要一段时间才会好，就拉着她去花店。

“小姐，先生！想要什么花？”店员是个讨人喜欢的小姑娘，殷勤得很。

“小姐真漂亮，一定喜欢玫瑰？”店老板嘴巴极甜，很会应酬情侣。

曾玉清看看柔媚，柔媚看着一簇簇白玫瑰出神。

“我们要祭奠亲人，帮我们扎一束白玫瑰吧！”

店老板最能解人眼色，马上闭嘴，扎了一束花，并配上白色缎带。

“谢谢你！”

取过花，曾玉清扶着柔媚的肩说：“走吧！”

柔媚点点头上了车，上车的时候曾玉清仿佛看到了一张熟悉的脸，可又觉得不是，怎么可能呢？

“小纹，你还好吗？”柔媚喃喃地问。

“小纹，你在那里还好吗？”

看着小纹的牌位，柔媚心里满是悲苦。

“你好！”曾玉清接听电话的口气就知道是公事。柔媚温柔地看了一眼。

“哦，是！什么，颜色出了问题？”曾玉清的脸色出奇地差。

“嗯，是！好，我回来。”曾玉清挂掉电话，刚想走，想到了柔媚。

“柔媚，我……”

“你去吧，没关系，我一个人回去就行了。”

“要不我先送你回去？”曾玉清一边看表一边说。

“不用，我要陪陪小纹。”柔媚推他，“你去忙吧！”

“那好！”曾玉清匆匆离去。

柔媚一个人立在牌位前，泪水在眼底，想起小纹，真为她难过。

“小纹，我要回去了，下次再来看你。”柔媚闭着眼睛低低地说。

柔媚站得累了，腿也麻了，也该回去了。

回头又看了一眼，以为是梦。闭眼，再看——连心站在她身后。

-2-

连心坐在不远处的凉亭里，柔媚还以为是梦，摸了摸自己的手，是暖的，把手指放到嘴巴里用力咬了一下，很痛。

连心看着柔媚的孩子气，笑着把她的手拉过来吹。

柔媚看着连心，似乎还是昨天，似乎还是香山。

“你瘦了！”柔媚说。

连心笑笑，其实他何止是瘦了。

“你好吗？”

柔媚温柔地说:“你怎么来了?”

连心笑了笑,说什么呢?想你了——肉麻的很;办公事——此地无银三百两。干脆闭嘴不说为宜。

柔媚也笑笑,两个成年人,既不说话也不亲热,做什么呢?

是应该先抱一下?还是不管怎么样,一起去酒店,找个房间上床算了?

想着都已经可笑了,更不要说去实行了。

连心似乎也想到了,看着柔媚笑,也笑了。

“走吧,别在这个地方,凉凉的。”

“去哪里呢?”柔媚对很多游玩的地方其实是不知道的。

“我知道有个地方!”连心微笑着说。

柔媚不相信他会比自己知道得多,“什么地方?”

“惠州。”连心喜欢那个小城。

柔媚也想起了那一排排古树,怎么那么巧?“嗯?你去过吗?”

“去过啊,我在那里呆了20多天呢!”

“哦,是什么时候?”

“就是第一次来广州的时候。”

“哦,难怪!”

“那时候过来,心里很闷,就去了惠州,闻生说你在休假。”怎么这么久的事情还记得那么清楚?连心想着就笑了。

柔媚笑笑说:“我休假回来那天你去的?”

“是真的?”

“当然是真的!”

连心笑着说:“不是,我不是说这个。”

“啊,那你说什么?”

两个人忽然都不说话了,其实都是太紧张,老是说一些不着边际的话。

连心低声说:“我走的那天看到你，可是我以为看错了，不敢下来，怕落个笑话。”

柔媚知道他在讲什么，心里有点感动。

都不是孩子了，做什么事情也是知道的。

曾玉清回到办公室，王总正等着他。

“怎么回事？上班的时候怎么不见你的影子？”老总一口恶气喷到曾玉清的脸上。

曾玉清知道是因为小伍的事情被老板娘知道的原因。想想老总也真可怜，只是因为老板娘的娘家势力大点，一辈子就受着那个女人的气，翻不了身，想在外面弄几个女人来报复一下，又被抓住了。

据说老板娘还把小伍打了，孩子也给别人了，把她赶回了乡下。其实小伍对老总早就是过去的事情了，老总并不会在意的。但是因此没有了自由，一天到晚被老板娘盯得紧紧的，这才是真正让他难过的事情。

曾玉清没有解释，因为太了解他的脾气，首要的是把事情解决了。

“你什么态度啊？”老总最恨别人不把他当回事，平时看着曾玉清对他忠实，所以事事以他为重，怎么突然就翻了脸。

“老总，我是想把事情解决了再和你解释。”

“哈，你还有理由了？”老总怪笑着说。

“我不用你解决，你可以走了！”老总痛快地说完，转身就走。

曾玉清看着老总的嘴脸，恨不得一巴掌打过去。

“啪！”

“啊！”老总怪叫:“你干嘛打我？”

“打你怎么了？你解雇玉清，事情你来做啊？”

看着王总和老板娘吵起来，玉清一跺脚，这份工作是做不得了。

很多人会以为有了老板娘做靠山就万事大吉了，孰不知夫妻终归是夫妻，这些年来曾玉清一直小心翼翼地维持着这种平衡，就是怕人家说自己是哪一派的。

为小伍的事情老板娘没有怪罪下来已经是格外施恩了。

事情解决了，玉清想自己也该走了，以他现在在业界的名气来说，找一份同工同酬的工作并不是件难事，只是做得久了，感激他们的知遇之恩倒是真的。

-○-

柔媚一个人坐在阳台上，没有点灯。

玉清看得很真切，柔媚是哭过的，可是不想问，习惯了也就失去了问的耐心。当初她为了一本《红楼梦》都不知道掉了多少眼泪。

况且自己身心俱疲，更加没有了心思。

玉清冲了凉早早地睡去，想明天去问问易轮，易轮早就有挖他的意思。但现在灰头灰脸地去问人家，不知道有什么结果。曾玉清梦见上学的时候吃不饱，老是饿肚子，醒的时候，满天的星，纳闷到现在还有这个影子。他摸摸身边，柔媚不在，有些恼火。柔媚老像个小孩子，要人家哄。

不去管她，玉清翻身又睡。

“你是个奇怪的人，爱人家的时候，把人家爱得死去活来，不爱人家的时候，死了都与你不相干。”耳边柔柔的女人声。

“咦，谁说的？”印象里是模模糊糊的，不去理会，挥挥手散了。

“去惠州吗？柔媚。”连心问得很温柔。

柔媚想了想说：“不去。”

“为什么？”

柔媚抬头说:“我已经负了他很多次了,不可以再负他。”

连心低头想了想说:“那,我每天都可以见你吗?”

柔媚说:“你呆多久?”

连心微笑着说:“一个月。”

柔媚点点头,“可以,不过,时间不可以太长。”

“好!”爱一个人只是为了让她快乐就够了,怎么可以让她为难。

连心看着柔媚上了的士,柔媚不知道连心偷偷跟着她到楼下。

到家后,柔媚习惯性地把画架支在阳台上,然后坐下,对着阳台的余辉画画。

不经意间看到连心痴痴地立在楼下,看着她。

柔媚呆了呆,想自己真是疯了,怎么会想到这个,脸红了。

再看,连心真的不见了,确定是自己的幻觉。怎么刚刚分手,就想到这个地步?真是疯了!

连心躲在树的后面,看柔媚端坐着,画得极用心思,但实在想不出她画的是什么。眼看着天黑了,柔媚还是坐在阳台上。曾玉清的车回来了,连心闪开了。

连心真想自己化身为武侠人物,有一身好功夫,可以飞檐走壁,上去看看柔媚在做什么。

柔媚对着画出神,怎么就一不小心勾勒出了连心温柔而坚定的脸,看着看着,泪水就落了下来。她又匆匆抹去泪水,并把画压到了画纸的最底下,怕玉清问了不好回答。

-P-

早上易轮打电话过来,怕是他早就知道了曾玉清的情况了。曾玉清想自己手里握着客户,总是会有人要的。客气了几句,问了一下待遇,并说要详加考虑,其实心里已经决定想去了,条件给的自然是好了很多。

没过多久，王总和老板娘夫妇居然双双登门，并许诺了更优惠的条件，曾玉清也不好意思再想有其他心思了。

“真是抱歉，昨天是我不好！”老板会给下属道歉？柔媚远远地看着想。

玉清明白他们不过是为了自己手里的客户罢了，这个世界谁不是为了达到某种目的而拉下面子呢。

“王总，看您说的，是我不好！上班的时候不在，公司里有问题也不在，真是该死。这样好了，我尽快完成所有事情，以报王总和嫂子之恩。”

“那好……那好……”王总搓着手显出了小家子气。

“易轮和你联系了？”老板娘的耳朵好灵，怎么让她知道了？

玉清笑笑说：“什么？联系什么？”

“厉害，一概否认，不漏任何蛛丝马迹。”老板娘想。

“没有？”王夫人还问。

玉清肯定地说：“没有。”

老板娘回头看看柔媚说：“玉清啊，什么时候带着柔媚妹妹去我们那里玩？没见得哪个会像你一样把老婆藏得那么紧，怕被谁偷了似的。”

“好的，好的。”

“呵呵，那嫂子就放心了，我可当真了哦？”老板娘意味深长地说。

“嫂子，你还不放心啊！”曾玉清似乎把心都掏出来给人看了。

“我放心呢。”老板娘娇滴滴地答应。

王总没看见似的站起来说：“那好，我们走了。”

送出门的时候，老板娘暗地里捏了捏曾玉清的手。玉清不敢动，怕是不小心闹开了大家不好看，可还是一身冷汗。关了门，他看见柔媚坐在阳台的秋千架上，闭着眼，才放下心来。

“都说没有什么了，易轮会要他？你也是太小心了！”王总一边开车一边说。

老板娘看了老板半天说：“你不是他的对手的，这个人是很有心计的。”

“哪有我老婆聪明啊？”王总一惯讨好地说。

老板娘微笑着说：“你也太会说话了！”

“哪里？夫人过奖了。”

“不过我们要小心这个人。”

“哼，曾玉清，我有一天要把他捏死。”

“你也不要说大话，我一早就看出他是个人物，我们暂时还是不要动他的好，公司里还少不了这个人。”

“还有，你的脾气要改一改，怎么说炒就炒，你痛快了人家要真走了怎么办。曾玉清是个重感情的人，要不是我们又给了他机会，早就走了也不一定的。”王夫人想起刚才捏他的时候，不由地心一动。

“老婆教训的是！可是老婆，我们可不可以商量一下，下次就不要当着那么多人不给我面子好不好？”

王夫人也有了悔意，可是仍嘴硬着说：“打你怎么了？”

王总看看说：“那就打呗。”

“什么事情？”柔媚看着两个人走远了，才过来看着曾玉清。

曾玉清给人精神焕发的感觉，说：“没事，你不要老画那么晚，我昨晚睡醒了看你还在画。”

“嗯。”

“我这段时间很忙，没有什么时间来陪你，你一个人闷了就去妈妈家，或者买衣服去。看你老是喜欢穿白色，人都老了还穿，也不嫌单调。”玉清一直喜欢柔媚的典雅，可是久了就觉得有种很乏味的感觉，怎么就没有个改变呢？什么时候都是一样的。

“嗯？”柔媚忽然觉得玉清的口气又不同了。

人都是因为自己得到了赏识才会有点不一样的，玉清也不例外。忽然觉得王总和夫人如此器重，不能让他们后悔。热血沸腾起来的时候总是以为和以前不一样，别说柔媚觉得不一样，曾玉清自己也觉得不一样。

-Q-

玉清出了门，又转回来看着柔媚说：“中午不用等我了，我晚上才回来。”

柔媚点点头。

柔媚心想，怎么挣扎了那么久还是和以前一样呢？其实看着是转出去了，也不过是转了一个圆，又回来罢了。依然是说一样的话，做一样的事情，以前的一切似乎都没有发生过。

是否太巧了？怎么连心一来，曾玉清就忙得没有了时间？似乎是私下约好了，一时不知道该怎么办好。

时间一分一秒的过去，柔媚没有去赴约，柔媚知道连心在等，知道他在昨天一起去过的那个小咖啡馆。

算什么呢？偷情吗？还没有那个必要。约会吗？早就过了那个年龄，可是不去又算什么呢？拨个电话过去，电话已关机。

不知道是不是有意的，让柔媚无法反悔。

下午4点的时候，柔媚再也坐不下去了。不知道连心是否还在，也许这次错过了就真的没有机会了。

换了衣服锁了门，叫了车，快到目的地时柔媚又犹豫了，怎么说呢？不想来的，然后又来了，可是来了又怎么样呢？

"小姐怎么不下车？"司机看着柔媚彷徨的样子，知道又是个有故事的。只是这个城市每天都发生了太多的故事，管得过来吗？

"哦。"给了钱，柔媚下车，神情恍惚地看着街对面的小店。

这个店是柔媚上学的时候最喜欢来的地方，昨天不知道为什么就带连心来了，而且约好了每天在这里会面一个小时。

"连心走了吗？"柔媚想，这个时候连心也许真走了。她低头看着脚，出门的时候太慌张，居然穿错了鞋——拖鞋，柔媚笑自己。

"为什么要躲？躲得过去吗？"连心带点笑意问。

柔媚抬头看着连心，没想躲，只是觉得自己很幼稚，怎么长大了还要做这种偷偷摸摸的事情。

连心微笑着说："我想离婚，你呢？"

柔媚被逼到了死角。

"来，外面冷。"

拉着柔媚进了店，店里的摆设和自己上学的时候有了明显不同，看得出是经过精心布置了，店老板也换了。

最后一点疑虑打消了，柔媚自嘲道："看，多好，都没有人认识你，你就算是做违法的事情也不会有人记得你。"

曾玉清忙了一段时间，习惯地拿起电话，响了很久，没有人接。又拨到妈妈家，妈妈的声音很爽朗，"玉清啊，柔媚好吗？什么时候回来？家里都好！"

柔媚去了哪里呢？

再拨手机，没有人听，知道柔媚又忘记了带手机，这个时候柔媚会在哪里呢？

心就悬在那里了。

几天下来，曾玉清连着忙，回家的时候柔媚已经睡了，脸上挂着甜甜的笑，看得出是在做梦。

想自己一忙又把她一人放下了，寂寞是难免的，总得有时间补偿她一下才好。

柔媚会去哪里呢？几天来都是如此，柔媚似乎并没有那么喜欢外出，一直都觉得家才是最理想的地方。如果每天固定的时间不在家，而且天天如此就奇怪了。

曾玉清决定提前回家，看到她才会安心。果然，柔媚的手机丢在床上，上面是自己拨的几十个未接电话，那就是说柔媚一直都没有注意电话，可是她每天都去哪里呢？

天快黑的时候，柔媚回来了，远远地听到了柔媚软软地哼着："让我的爱伴着你直到永远，漫漫长路——"

然后是开门的声音。

玉清并没有起来，也没有开灯，柔媚也是习惯黑的。她很顺利地抓过画架，支到阳台上，嘴里还是哼着《知心爱人》的调子，很轻快地感觉。

玉清想了想，开了灯。

柔媚回头看看，笑笑说："你回来了。"然后就回过头去画画。

"你这几天都去哪里了？"玉清走上前疑惑地问。

"我去和朋友去喝咖啡了。"柔媚回答得很直接。

"什么朋友？"

柔媚懒懒地笑着说："不告诉你！"

玉清觉得不是连心，如果是连心，柔媚不会那么轻松，有那么调皮的表情。

柔媚并不是一个有心计的人。

柔媚是等着曾玉清再问的，如果他再问，就说了。曾玉清只是摸了一下她的脸就进屋了，柔媚竟有点怅然若失。

-5-

连心知道自己的时间不多了，感觉阵阵乏力，所以每天下午看一下柔媚本就已经很满足了，怕太多了自己承受不了。

可以看到柔媚几乎成了他提起精神的一剂良药。

其他时间，连心只要一想到可以见到她都已经满足了。柔媚也觉得连心有点不对，只是想不出哪儿不对，柔媚最怕人家说，别问我的事情。

柔媚看着他握自己的手，亲吻自己的手指，心一阵阵暖，都被快乐溢满了，也就不去追究，问了又怎么样呢？

“媚儿，我要回去了。”

“嗯，那么快？”

“我的假期满了。”

“啊，怎么那么快呢？不是一个月吗？”

“是啊，昨天是第28天，今天是第29天啊。”

柔媚呆呆地看着连心，没有时间了？怎么就好像是生死之别呢？我们还有机会吗？

连心似乎瞒着她什么，柔媚知道连心也是有苦衷的。一生中可以拥有的太少了，对柔媚和连心来说，这已经够多了。他们感激老天的眷顾，还有什么比与相爱的人厮守在一起更快乐的事情呢？

连心温柔地说：“媚儿，我没有说过我爱你，是吗？”

柔媚羞红了脸说：“说什么？那么肉麻！”

连心微笑着说：“好，我不说，你说！”

“我也不说，说了有什么用呢？”

连心握紧柔媚的手，一阵辛酸，还是笑着说：“好！”

曾玉清看着柔媚走进去，再看着她出来，刚好一个小时！一个星期了，每天如此，今天似乎长了一点。

捏紧了拳头，指甲嵌进了肉里，血流出来，都不觉得疼。曾玉清看着她和来时一样叫了一辆出租车回去。

见她离开了，曾玉清才走了进去。

连心看到曾玉清第一眼就想，他终于来了，幸好，柔媚走了。这本就是男人间的问题，很多男人会把这个事情当做是女人的事情，总是希望女人在身边。

曾玉清看着连心，连心大方地回看他，一脸坦诚。

他并不怕自己，是曾玉清第一反应，其实他也没什么好怕的。

曾玉清想着就坐下了。

连心喝了口咖啡说："再不来就没有机会了！"

曾玉清看着手心，溢出的血渐渐凝固，"我想杀了你！"

连心说："如果这个事情发生在我的身上，我也会这么想。"

曾玉清说："你不怕吗？"

连心淡淡地说："为了她，值得！我怕的是她会为我们两个伤心。"

"你就那么肯定她会为你伤心？"

连心点点头说："我不仅知道她会为我伤心，还会为你伤心，我们两个都不值得她爱，因为我们都让她伤心了。"

曾玉清忽然笑着说："好，你真懂她，可见你真的是她的知己，你比她还了解她自己。"

连心低声说："你又何尝不是，只不过她不知道罢了。"

曾玉清看了看窗外的人流和车流，生活还是真实的，说："我想你不会再来找她了。"

连心握着杯子说："我一生中最快乐的时候就是这段日子，谢谢你的理解，我不知道自己还有没有命来找她。"

曾玉清忽然摊开手说："如果再来，那这个就是你的血。"

连心微笑着说："如果可以为她死，又有何妨。"

曾玉清也微笑说:“你不怕她伤心?”

“我这次离开,她本就应当我是死了。”连心轻叹一声说。

曾玉清站起来说:“我会爱她,她会好好的,你不必担心!”

连心微笑着说:“我相信你!”

女人恨男人把自己当作物品送来送去。但是又有几个人知道,送的人本也是深爱着的,怕自己爱得不够,怕自己照顾得不好,怕自己不能给予对方快乐。

第十章 爱是等待

一

连心想了很久,才决定去接受一个结果。化验、抽血、X光、血压、切片,忙了一天。大夫说:“可以了,你回去等消息吧。”听着也知道这个不过是说,你的判刑要迟几天,也许是极刑,也许没有事情,可人终究要活下去的。

接着,连心去了两次医院,不是医生不在就是有人说,还要再等等。连心几乎想不去了,有个结果和没有个结果是一样的。

等了很久都没有结果,吃东西也就没有了胃口。

小宛最近老是看连心,但又怕看多了连心会疑心,总是偷偷看两眼,然后目光迅速离开,怕被连心看到。

“你在想什么呢?”连心笑着说。

“我看你这次出差回来,人瘦了很多!”小宛语气极淡,似乎没有什么心事地问,“是身体不舒服吗?干嘛一定要让你去呢?”

连心说:“怎么会呢,你看我不是好好的吗?”

小宛摇摇头,然后再摇摇头说:“可是我觉得你不太好,我觉得你……"

连心走上前去，抱住她。

小宛的身体微微颤动，连心心里异常悲苦。

"没事呢，傻！"连心想就算有事也是注定的。

"嗯，可是一想到你生病就怕。"小宛老老实实地说。

连心搂住她静静地想，自己把她保护得太好了，"傻孩子，就算我生病了也没有什么啊。"

小宛忽然恨起了自己的奢侈。

连心淡淡地笑说："来，给你看看。"

"是什么？"

连心走进书房，打开了抽屉。

小宛傻了：居然是两套房子的房产证，还有辰辰的教育保险。

看到小宛的表情，连心笑了。为她这个表情，连心知道这个隐瞒值得了。想起自己为了省点钱来办这些事情，人都轻松了很多。

"你什么时候投的保？房子是你什么时候买的？我怎么不知道，你还有什么秘密没有告诉我？你怎么有那么多的钱？"小宛不迭声地问。

一直以为连心和自己是一条心的，怎么今天就有了一个天大的秘密，还有什么是她不知道的？想到这些，心都发抖了。

连心微笑着说："没有了，就这些，你喜欢花钱，我又担心辰辰以后的日子，不想你以后为了蝇头小利去拼的，所以早早安置好，以备后顾之忧。"

他伸手抱住妻子柔声说："我们总是要老的，而辰辰不可能永远不长大，所以我擅自做主每个月留下来一些，买了一些债券，运气还不错，居然赚了一些钱，就买了这两套房产。房子都租出去了，每个月收的房租都存在这个存折上。即使我有什么意外，你和孩子的生活也不用担心了，不过你要节省些就是了。"

他把小宛的脸抬起，吻掉她眼中的泪水，轻声说："孩子的教育费也不必担心了，如果我真有什么问题，保险即刻停交，以后孩子的教育费用都从这里面出。"

"不要说了，不要说了，连心我不要你有问题，我不要你不在，连心你要照顾我们一生一世呢！连心，你忍心把所有一切都放下了？"小宛泪流满面地嚷，然后把头埋在连心的怀里，"连心，我以为你不爱我们。"

连心摸着小宛的头发说："我说过要照顾你和辰辰的，你们是我一生的责任。"

所有的夫妻都是在最紧要的关头才发现自己的一生竟然被自己误了，可以把生活看明白是福气，但一生都糊涂也未必不是好事。

-13-

连心是一个人去的医院，他并没有告诉小宛自己去做检查，其实说了也只是让她担心而已，何苦让她知道呢。

"连先生，我要和您的家属谈。"医生一向和蔼。

连心淡淡地说："您还是和我谈好了，我的家人吃不消这个。"

"您有准备？"医生看着这个英俊的男人。

没有几个男人愿意背负太多，怕是一背到了身上就再也卸不掉了，所以男人都说：来吧，我们同居。女人以为只要爱了，即使没有那一纸婚约也是一样的。

一个好男人要肩负起一个家庭，付出的何止是辛苦，更重要的是一生的责任！爱一个人并对她说：来，我们结婚吧！这个男人的爱才真的是爱。他愿意背起女人一起走路，给女人一生的最大承诺。连心想这些自己早就有了，在对小宛说结婚的时候。

看着窗外树叶又绿了，春天来了。他喜欢春天，春天会给人生机勃勃的感觉，让人有了希望和目标。

“您说吧。”连心坦然地问医生。

“经过化验，切片，您患的是肝癌，这个是您的化验报告，请您尽快入院治疗。”医生一向以救助为天职，怎奈生命是自己的，医生也不过是尽人事罢了。

连心以为自己的心已经足够坚强了，事到临头还是被眼前发生的一切吓倒了，手脚都失去了知觉。他感觉自己的灵魂脱离了躯体，分成了两个，一个在看着自己，一个在嘲笑自己。

谁说“生死有命，富贵在天”，那不过是事不关己罢了。

离开医院的时候，医生不停地叮嘱，要尽快入院。

连心用平静得近乎冷酷的声音问：“我还可以活多久？”

“这个还要看情况，我不敢说，但总是要医治的。”医生这手“太极”要得极好，看得出应付过很多人。

“究竟是多久？”

“半年吧，照你现在的情况来预计。”

坐在办公室里连心发现自己无处可去，心事也无人可说。这些年为了挣得一个天下，他付出了大部分的时间和心血，到头来不过是一场空而已。

“连总，你还没走？怎么了，有心事吗？”

“没有，我想坐坐，你怎么还不回去？”

女秘书看着连心眼神灰蒙蒙的，女性的仁慈涌上了心头，说：“你爱她，为什么不去找她？折磨自己有什么用？”

连心抬头看着她：“嗯？你说什么？”

“连总，我知道你心里想的是她，爱的是她，可是你的责任感又不允许你去找她，她也会苦啊！为什么相爱的两个人不可以在一起，不爱的人却纠结着？爱情不是等待！”

女秘书的眼里含着泪水。

连心微笑说："你知道什么？"看着她的脸就像一个孩子似的。

女秘书忽然说："我当然懂，因为我也爱过，知道爱的痛！"掉头跑掉了。

"爱情不是等待……"连心低声念着。"媚儿，你听到了吗？爱情不是等待，我们一直在等，等了一生，等到我生命即将消亡，等到无可再等，可是我爱你！媚儿。"

七

连心想应该辞职了，又想到老总会因为他走后留下一大堆麻烦而抱怨，终究没有他在的时候轻松了。但是慢慢总会好的，谁离开谁不可以活呢？自己走了老总可以再找个连心来，这个世界本就是这样的，不要以为地球离开谁会不转，老婆离开你会去死。人不过是个习惯罢了，离开了也只是离开了一个习惯而已。

但辞了职做什么呢？而且离开了工作自己会习惯吗？不辞职至少还可以有每个月的薪水，没有了收入自己就真是废人了，连心想。

连心不想进医院，进去有什么用？等死吗？

可是不进医院又干嘛呢？

连心辞职的时候老总异常吃惊，"你这是干什么？是不是有人挖你？是不是有人给的条件更加优厚？这个我们都可以商量的，你累了也是可以休假的。"老总像个忽然失去了妈妈的孩子。

连心微笑着说："累了，想休息一下了。"

"那好，我给你假期，你可以休假，这个没有问题的。"

连心点点头，放下辞职书走了。

老总惊慌地想："是不是自己什么地方照顾不周到了？怎么连心居然炒了自己？"

连心走的时候没有告诉任何人自己要去哪里，任何人对连心来说都已经是局外人了，有必要到处宣扬吗？

连心自然知道人家看重你不过是因为你还有价值，等到落叶黄花，青春消逝，你是谁，谁还能记起呢？

连心有病的事还是让老总知道了。

秘书接到了医院的电话，催连心去住院。

连心辞职了，只好给老总报告，老总知道了，全世界都知道了。

最可怜的是小宛，她总是泪水涟涟的。

连心是被所有人押着去医院的，平时不觉得自己认识多少人，忽然间竟都关心起自己来了。连心想自己真是不够厚道，把人家都看轻了。看着每个人关切的眼神，不管是有几分真诚，这辈子是足够了。

离开了，单位的同事议论纷纷。

先一个人说："你说人真是奇怪，昨天还好好的，今天就得这个病了。"

后一个人说："是啊，所以人家说世事无常嘛！"

先一个说："这个病想是不能好了。"

后一个说："可不，我有个远房亲戚就因为这个病死的。"

先一个回头看看他想："什么时候有了亲戚了，不是说无亲无故吗？"

后一个看着人家的怀疑，自己就先急了，怕人家说自己说假话："我真有个亲戚是死在这个上头的。"

大家都不说话。

自己想想又说："好像是个姑妈。"说多了渐渐自己也信了。

另一个说："唉，总之是要及时行乐才好。"

再一个说："是啊。"

先一个说："你说，连总一病，公司怎么办？"

再一个说："不知道，谁知道呢？"

说着不由得挺了挺身体，怕老总看见自己萎靡的样子，老总最喜欢员工看上去有用不完的精力。

小宛只是哭，哭得人都哽咽了。连心腻烦地想："哭什么呢？哭又不能治好自己的病。"先还是劝，劝了也不见效果，就由着她了。

痛的感觉阵阵袭来，不痛了，就感觉累，睡了。

再痛，又醒了。看小宛不哭了，呆呆地看着他，要哭不哭的样子，看了让人难受，索性不看，闭上眼睛，小宛见他醒了，又哭了。

-D-

连心走了，柔媚好像失去水分的花，瞬间枯萎。曾玉清看得心里异常难过，知道柔媚还是想着连心。

每天上班的时候，眼前都是柔媚迷茫的表情。似乎没有哀伤，只有怅然。

"你好,请问哪位?"

"你好，你是柔媚吗？"

"是的，你是哪位？"

"你不用管我是谁，请尽快进京，连心病重入院，是肝癌晚期。"

"什么?"

"住在北京肿瘤医院，309号房。"

电话挂掉了。

柔媚只是坐着，手里的电话都忘记放回去了。曾玉清一直都打不通电话，不知道柔媚在做什么，赶回来的时候看到柔媚正呆呆地坐着。

"媚儿，你怎么了?"

柔媚看了曾玉清很久说："玉清，我们离婚。"

曾玉清看着她都傻了，"为什么?"

"他病得快死了。"

曾玉清向后退了几步，坐在沙发上说："他快死了？他快死了你就和我离婚？那我也快死了呢！你会不会为了我和他分开？"

柔媚悲哀地抬眼看着曾玉清说："不要说傻话。"

曾玉清说："如果我死了，你就不会离婚了，对吗?"

看着他眼中的痛苦，柔媚的心忽然软了，"玉清，我，我的心，我……"

曾玉清转过身体，慢慢向外面走去，好像耗完了一生的力气。

柔媚坐在黑暗里，泪早就流尽了。

曾玉清没有回来，柔媚知道自己真的把他的心伤透了。凌晨3点，曾玉清喝得醉熏熏的，在柔媚的身体上寻找温暖，最后抱着柔媚拼命地叫："媚儿……媚儿……媚儿……"

柔媚任他抱着，听着他的叫声，恨不能把自己劈开。

柔媚感觉曾玉清睡了，身体还是被他裹得紧紧的，几乎透不过气来。想着连心还在医院里，心又痛得几乎死过去。

不知道什么时候倦极了的柔媚睡了。夜里醒的时候，一床的月光，也洒在自己身上，曾玉清不在。她起床时看见他在阳台上吸烟，烟蒂堆了一地。

柔媚走过去，怯怯地说："不要吸那么多的烟好不好?"

曾玉清透过烟雾直直地看着柔媚。

转身，一巴掌挥到了柔媚的脸上。

柔媚几乎是没有什么支撑地摔倒在地上。

曾玉清低头看着柔媚，冷冷地说："我们离婚！"

柔媚抬起头看着他说："为什么?"

女人都是很奇怪的，一直等了很久的一件事情，以为是可以做到了，结果却是不可能实现，当结果真的如愿了，却又不敢相信了。

-E-

柔媚离开家的时候，曾玉清没有看柔媚，只是随着她把箱子拖出去，听到门响，听到柔媚进了电梯，听到柔媚坐上了车。

曾玉清怎么可能听到柔媚坐车的声音呢？那不过是想像罢了。

柔媚走了，曾玉清忽然想，柔媚真的走了。看着自己和柔媚刚刚领的离婚证书，知道自己真的失去柔媚了。

曾玉清头向后一仰，泪水溢出。

柔媚并没有很快坐车，她在楼下看着楼上很久。

这里是她结婚四年的地方，曾经以为是一辈子要住的地方，怎么会忽然失去了。

柔媚什么也没有拿，包括自己的画，曾玉清也没有让她拿，很多时候曾玉清只是冷冷地看着她收拾自己的衣服。

柔媚看了看阳台，上面还有自己的衣物，低头想“真得结束了？”

柔媚是当天赶往北京的，飞机起飞时，她不知道曾玉清也上了同一架飞机。曾玉清不知道为什么要这么做，只觉得心已经被柔媚给捣碎了。

柔媚赶到医院的时候，已经是晚上了。

“对不起，你已经过了探视的时间。”值班室的医生告诉她。柔媚一个人在医院门口徘徊，她的心空空的，不知道该去哪里。

曾玉清远远地看着，柔媚坐在医院的门口花坛上，心里一阵阵地痛。他要看着她受伤，要看她后悔，要……

夜里风很大很冷，单薄的柔媚瑟瑟地抱着自己的身体。

曾玉清狠下心不去管她。

接近天明的时候他看着柔媚慢慢倒下去，知道她睡着了，这样睡着一定会冻病的。曾玉清叹了口气，走上去，看着柔媚红红的小脸，知道她病了。伸手抱起，送去医院急诊。

柔媚醒的时候在医院的急诊室里，惶然地想自己是怎么了，怎么在这里？看看行李，行李也在，奇怪了，怎么有这么多的好心人。

柔媚的身体稍微好转，就不顾一切地赶到了住院处。她记得很清楚，连心的病房是309号。

门是开着的，只有连心一个人在，在静静的睡着。柔媚看着连心的脸，干黄清瘦，比上次见到他还要瘦，几乎是个骨架子。她走过去,慢慢蹲下去，不敢去摸连心的手，怕惊醒他了，可是又想让他醒，告诉他——连心，我爱你。

“你是谁？”护士进来看到一个瘦弱女人跪蹲在床前。

柔媚回头，看着她，渴望她容许自己多留一会儿。

“病人要休息，你还是回去吧。”护士有些不耐烦地说。

“我不吵醒他。”

连心的手动了动，柔媚的心跳得厉害。

“不可以，你还是回去吧，你是他什么人？”口气里的鄙夷听得出来。

“我……我是他的朋友。”

“那好了，你回去吧。他有他的夫人照顾着呢！”

柔媚低头走了出去，在走廊里听到醒来的连心问:“刚才好像有人在我这里?”

柔媚闭紧嘴巴，屏住呼吸，她怕听不到连心的声音。

护士淡淡地说:“是你的夫人！”

“哦。”连心静静应了一句。

柔媚把头贴在了墙上，人几乎虚脱。

-F-

接下来的日子小宛一天到晚地守候着连心，柔媚想再见见连心已经不可能。

她每天只有站在医院的外面看着连心的窗口,希望有个奇迹：连心把头伸出来让她看见他那张失去了神采的脸。可奇迹总是没有出现。

很多人奇怪地望着她，柔媚痴迷的样子看着有点不正常。

有个女人直直地走过来，柔媚看着她：脸上的妆很精致，穿了一身漂亮的套装，看上去干练而精明。柔媚神情惶恐，怕她是小宛派来的。

“你好。”语调柔和，柔媚想不是坏人。

“你好，你是谁？”

“你别管我是谁，你快点过来，连心病重，已入院了。”女士慢慢地说。

“啊！你是，你是……”柔媚记起了这个人。

女人温柔地说：“我看你很久了，这几天我见你几乎没有吃过东西，你的身体哪里吃得消呢?”

柔媚恻然地说：“身体的痛怎么比得上心的痛。”

“你信任我吗？我是连总的秘书，你可以去我那里吗？”

“不，我想看看他。”

“你看不到的。”秘书看着窗口说，“也许我可以让你看见他，还可以告诉你他的消息。”

柔媚看着她说：“你为什么要帮我们?”

女秘书低声说：“我也曾经爱过。”

柔媚来到女秘书的家，静静地坐着，看着女人转来转去，“来，去洗一下。”

柔媚没有拒绝，默默接过衣服进了洗手间。

出来的时候，饭菜已经摆在了桌子上了。

“来，吃点吧。”

柔媚看着饭菜，心里堵得慌，便问：“他还有多久?”

女秘书低声说：“医生说，过不去这个春天。”

柔媚忽然疯了似的大声喊：“不！”

女秘书看了她很久，说：“柔媚你好像生病了。”

柔媚的目光呆滞，人趴在桌子上，没有了生气。

女秘书看着柔媚的痛苦，禁不住自己也痛苦起来。

曾玉清一直跟着柔媚到了女秘书的家，看着她上去。他不知道那个女人是谁，也不知道柔媚几乎是痴呆的大脑里还剩下了多少理智。

在门外，忽然听到柔媚的哭喊，曾玉清再也忍不住了，按动门铃。

女秘书看着男人奇怪地问：“你是谁?”

“是谁？我是你家里那个女人的老公！”曾玉清一边气冲冲地回答，一边向里面看。

女秘书忽然想到柔媚可能有麻烦了，下意识地撒谎说：“我家里只有我一个人。”

曾玉清不耐烦地说：“我看着柔媚和你进去的，你不开门我就报警。”

女秘书叹息着开门，眼前这个男人真的是太强悍了。

曾玉清并没有再看女秘书一眼，只是看着柔媚。女秘书想，这个男人简直没把我放在眼里!

“你把她怎么了?”

女秘书微笑着说：“你以为我会把她怎么了？”

曾玉清歉意地看了她一眼，然后走上去，摸着柔眉低烧的额头。

“媚儿！你怎么样？

曾玉清头也没回地对女秘书说：“有没有厚点的毛毯？”

不一会儿，女秘书找出一条毛毯，曾玉清把柔媚裹紧，抱起来说：“谢谢你照顾她。”

出去很久，女秘书忽然记起柔媚的东西还在自己这里，她跑到阳台上，看着曾玉清抱着柔媚进了汽车。

“哎！”女秘书看着车开走了，想柔媚的老公爱着柔媚，而柔媚爱着连心，似乎人们要的永远是自己得不到的那个。

想着人生就是一场戏。

-G-

柔媚的病加重了，感冒已经转为肺炎。

医生责备地问，怎么这么严重了才送来？曾玉清只有道歉。每天大量的药水注射下去，因为药水的原因柔眉干瘦的脸浮肿了。

曾玉清知道自己如果不救她，她就死定了，可是救了又怎么样呢？

几天来，看着柔媚一个人苦苦地在医院的门前转，眼盯着窗子出神，曾玉清知道柔媚不想让小宛看见。连心不知道柔媚来了吗？不知道柔媚为了他离婚并已经来北京了吗？

他痛苦地想，“有的人坐享其成，有的人只可以像摘星星一样守望着爱情，人生真的有太多的讽刺。”

看着柔媚睡了，曾玉清几乎是恨恨地看着她，心底都是苦。怎么一生就让这个女人牵绊住了，他几乎什么都不要了，只是为了她的笑，为了她的幸福。而她居然爱着另一个快死的男人，这几乎就是个笑话。

清醒后，柔眉看着曾玉清伏在床边，惶惑自己在哪里？看着白白的墙，怎么又到医院了？想起自己刚到北京的时候，进了急诊。才恍然大悟，原来自己一直都被曾玉清照顾着，居然还以为是老天的眷顾。

曾玉清感觉柔媚动了，他抬起头，柔媚呆呆地看着玉清长长的胡子，脸也极为消瘦。她伸手摸着他的脸，摸着摸着，泪水顺着脸滑落。

“玉清……玉清……”

曾玉清握着柔媚的手，低声说:“怎么——离开我就不懂照顾自己？你这个样子叫妈妈看到了，多伤心啊。孩子们你也不要了吗？”

柔媚看着玉清很久说:“你呢?”

曾玉清把脸埋在了她的手里，没有说话。

女秘书看着连心，连心已经完全失去了往日的风采，人瘦得只剩下一把骨头，肚子肿着，女秘书想连心已经没有多少日子了。

小宛来医院的次数越来越少，来了也呆不多久，就匆匆走了。对于这件事情连心似乎习惯了。每个人的付出都是有限度的，很多时候照顾自己更重要。

女秘书不知道该不该把柔媚来京的消息告诉他，想柔媚的一片痴情，想连心对柔媚的思念，女秘书甚至觉得自己残忍，怎么就埋着这个秘密呢?

连心的姐姐接到他病的消息时，先是一呆，本来以为是可以依靠的，结果却是这样，竟然有点抱怨连心了。

总想着小宛说的还有一段时间，什么时候死还说不定呢？想想小宛也因此失去了依靠，居然安了心。再想想，还是等等吧，都说是在医院了，去了说不定就好了，白白浪费了车费。去是要用钱的，费用小宛和连心是不可能出的。家里的事情又那么忙，怎么也要等这季节的种子种下去了才可以去的。

“爸爸，你怎么了？”辰辰的小脸红红的，看着都有朝气。

连心想起自己小的时候，父亲很少笑，连自己也忘记了笑是什么滋味了。看到辰辰才发现，其实孩子是世界上最可爱的人，父亲白白失去了很多快乐。人病了就会想起很多以前的事情，几十年前的，从来不记得的，一瞬间都好像开了闸一样，想忘记都很难，可见一直都是记得的。

“爸爸生病了，你还好吗？”连心抱歉地看着孩子。

“我不好，我想爸爸呢，可是妈妈不让来，说你的病传染。”辰辰认真地说。

连心笑笑：“嗯？这个是妈妈说的?”

“嗯。”辰辰肯定地说。

站在旁边的女秘书温柔地说：“那你怎么一个人来了?”

“不是呢？是阿姨带我来的，她不带我，我就哭，所以就来了。”

“妈妈呢？”女秘书问。

妈妈打牌去了，辰辰的表情古怪，看着几乎是痛苦。

小孩子怎么会知道痛苦？连心忘记了自己那时候是否是痛苦的，应该是不痛苦的。

女秘书叹息着说：“妈妈真忙。”

连心闭上眼睛苦笑着说：“你不叫她打牌，她能做什么呢?”

“辰辰回去吧，晚了妈妈要责怪了。”

“嗯，知道了。”辰辰和阿姨走了。

女秘书看孩子走了，才低声说：“连总，我要告诉你一件事情。”

连心忽然涨红了脸说：“傻瓜，不要做傻事，我都是快死的人了，说了反而会让病痛的人受不住。”

女秘书想他是误会了，可是看着他痛苦的样子，想还是不要告诉他了，说了也只是徒增烦恼而已。

十九

柔媚看着曾玉清，曾玉清也看着柔媚，谁也不肯先开口，虽然都是一肚子话，说了又怎么样呢?

“我给妈妈打电话，她抱怨我们出门也不打声招呼，怎么就走了，什么都不管了。”曾玉清近乎自言自语地说。

“妈妈好吗？爸爸好吗？”

“都好，怕你生病，特意叮嘱我看好你。”

柔媚抱歉地说：“那你不是白白耽误了，你公司里的事情还那么多。”语气几乎是客气了。

曾玉清看了柔媚很久才说：“你耽误了我一辈子，现在才知道是白白耽误。”

柔媚难过得不再说话。

曾玉清知道话说重了，说完又觉得自己痛快点。

“不知道他怎么样了？”柔媚心里想。

曾玉清看了看她，平静地说：“我去看过他了，情况还算稳定，医生说已经控制了。”

柔媚惊异地看着他的脸。

曾玉清自嘲地笑笑，“媚儿，我的自尊早就被你踩在脚下了。”

柔媚不敢说话，说什么呢？一切都已经错得不能再错了。

女秘书来看柔媚的时候，刚好看见曾玉清给柔媚喂饭，一口一口的。

女秘书在门外看了很久，并没有进去。其实爱本就是没有错的，不管是连心还是曾玉清，同样爱着这个美丽的女子。

她开始怀疑自己错了，或许是多事了。连心一天天好转，柔媚也好了很多。

曾玉清知道柔媚想着连心，惦记着连心，还是陪着柔媚去了医院。

在医院，小宛喜盈盈的，不停地与医生、护士说:“我老公该回去了，病好了。”

本以为死掉的人居然好了，小宛怎么会不高兴呢？其实想想也是。因为连心要住院，要用钱，自己又没有收入，愁得不得了。可是现在不用担心了，连心的病似乎好了，也不用花钱了，自然就开心。

“嗯，真的啊，那多好！”医生和护士也以为是自己的医术精湛呢，那么重的病居然医好了。没有几个人告诉小宛，那不过是连心不想让她担心而已，才提前出院。

车开的时候看到曾玉清陪着柔媚走过来。连心忽然想自己这个样子怎么能见她，没有敢出声，一直看到他们进医院里了。想小宛是不是看到了，回头看时，小宛在车里睡着了，知道她昨天一定是通宵打牌了。

曾玉清和柔媚看到了一张空空的床，柔媚想:“他死了，他死了……”

“这个床的病人呢？”曾玉清询问护士。

“他好了，出院了。”

柔媚回头看了看护士说:“他不是肝癌吗?”

“是啊，已经好了啊，走了，刚才走了。”

柔媚知道连心或许没事了，坐下来，感觉床上还有他弥留的气息。

“媚儿，我们回去吧。我怕妈妈等急了。”

连心好了，我看这个比什么都重要。

“嗯。”柔媚轻声地答应。

在医院门口遇见了女秘书，似乎是刻意地等在那里的。

“你们要回去了?”

“是。”曾玉清看着她，直觉里她没怀什么好意。

“那祝你们一路顺风。”

“谢谢你。”

回家总是件好事，柔媚倦极了，睡了。曾玉清没有一点喜悦的感觉，而是一阵阵地痛。因为他们离婚了。

-|-

连心听着女秘书说的话，点点头。女秘书简单地告诉了柔媚来京的情况和已经回去的事情。其实连心已经猜到了。那天看着柔媚瘦弱的身体，被曾玉清半拖半扶着进了医院，就已经知道柔媚为他吃了不少苦的。而自己对她却无能为力了。

女秘书出去了，连心想再也不去医院了。那里把人都呆傻了，宁可是累死也不要去医院里等死。痛得厉害了就抓过药吃几粒，但医生曾叮咛不可以多吃。

“多吃了会怎么样呢？会死吗？”

医生叹气说：“会上瘾。”

连心说：“那就是最坏的了。”

“其实有什么关系呢？”连心想，“早晚也不过是个死而已。”

“还有比死更坏的吗？”想着想着就不再想了。

老总明显地不信任连心了，很多事情也分出去给别人做去了。连心知道这个道理，自己终归是要死的人，怎么能霸着这个副总的位置呢。

所以他总是尽心地培养新人，希望自己离开的时候有人可以顶上去。

回家的时候小宛总是斜着眼看他，连心就会打趣说："我还没有死呢。"

小宛把头歪到一边不看连心，想这并不是个玩笑。

连心最多的时候是把身边的东西整理了又整理，忽然爱上了这个习惯。小宛看着连心整理东西的样子想，以为还有好几辈子呢!

"也许明天就死了。"

小宛捂住嘴，这种话怎么就说出来了呢?

连心不在意地继续说："不是吗?谁知道呢，也许明天早上你看到我的时候就没气了，你不怕吗?"

小宛忽然觉得连心用心恶毒，怎么可以这样子对她。

连心笑着看小宛，小宛忽然觉得看见了一具僵了的尸体，惶恐、害怕的神情都写在脸上，小宛捂着嘴巴跑进了洗手间。

连心收起了笑，低头悲哀地想，何苦去气她。她也不过是正常反应罢了，其他人的冷眼都受得了，怎么就受不了她的了?

女秘书常常看着连心一个人坐着吸烟，看他咳。心想这个人已经完全失去生气了。

-J-

下了飞机，柔媚慌张地看着玉清。怎么回家呢?怎么和父母说呢?

玉清看着柔媚，并没有说什么，叫了车回家。

柔媚想自己已经离婚了。

"上来啊。"

柔媚看着曾玉清，不知道该说不，还是该说是。

曾玉清不顾一切拉着柔媚进电梯，上楼。

开门后，他把柔媚推进去，然后进洗手间放水，“去冲凉吧！”他把衣服递给柔媚。

柔媚低头看着脚趾，一句话也不说。

玉清叹息说：“放心！我记得我们是离了婚的。可是你想对妈妈说呢？还是对爸爸说？我明天送你回家，说我要出差好不好？”

柔媚低声说：“好。”

柔媚洗着洗着因为太累，困意袭来时竟然睡着了。

“媚儿，媚儿？”

曾玉清推开门，看见柔媚睡相极甜。

水已经冷了，看着她，心里又气又爱又怜又痛，百味纠结，“媚儿，起来了，不可以睡在这里。”

柔媚转了个身，几乎要掉到水里了。

玉清叹息着抱起她，低声说：“媚儿，你是我的克星。”

用大毛巾擦她的身体和头发，然后给她穿上睡衣，把她放到被子里裹着，此时的柔媚就像个婴儿。

柔媚忽然低低啜泣起来。

“柔媚，媚儿，我在呢！”

“玉清，我梦见他死了。”

玉清的脸一片白，坐在床边，傻了似的看着她。

柔媚翻身又睡了，玉清却一夜无眠。

早上的时候，柔媚醒来，摸到身边是空的，大声地叫：“玉清，怎么还不起床？”

“我以为你走了呢？这段时间公司里没有事情了吗？”

“有，等你起来，我送你回妈妈家。”

柔媚看着玉清很久说：“我可以不回去吗？”

玉清冷冷地说：“不行！快点！”

柔媚起来，穿好衣服，看到玉清一个人坐在餐桌前。

“我不想吃。”

“吃点吧，你太瘦了。”

“可是我吃不下！”

“吃不下也要吃。”

柔媚看着玉清毫无笑意的脸，忽然问：“玉清，你怎么了？”

曾玉清转过脸不看她，很久才说：“吃不下就算了，我送你回去。”

“嗯，好。”

柔媚想自己是真累了，要不怎么会在乎玉清的脸色呢？

回到家的时候，一家子都很高兴。爸爸说：“真的很久没有看到你们了，老是想你们过得好不好。你妈妈整天都念叨你们，回来就好了。”

“妈妈、爸爸，我要出差一段日子，柔媚回家住我才放心些。”

“柔媚一个人在家喜欢吃就吃，不喜欢吃就不吃，老是要人担心。”

柔媚偷偷地看玉清，他面无表情。

看着玉清走出门外，柔媚跟了出来。

玉清看了看她，心想还是要狠下心的，这个女人会把自己害了。

心肠一硬，没说话，转身上车就走了。

-七-

“柔媚，你和玉清是怎么了？到底怎么了啊？”母亲的焦虑挂在脸上。阳光照着母亲的脸，母亲一向保养得很好的脸，此时却也显得很疲倦。

柔媚难过地搂着妈妈，满脸歉意地说：“妈妈，没什么啊！”

“还说没什么，玉清有女人了，你还说没什么？”母亲是连急带气，女儿是自己一生惟一的希望啊。

柔媚想，终于来了，可还是微笑着说："那也很正常啊，现在这样的事情又不是不多。"

"终究是要报复的。"柔媚微笑着。

"这个玉清，我来问一下他，到底是怎么回事？

父亲急红了眼。老两口亲眼看到玉清和一个女人搂着走过的，还以为是看错了。看了很久，结果是进了玉清的车。

柔媚的心渐渐平静下来了，其实这个未尝不是个好的结果。

母亲和父亲的担忧对柔媚来说都是不必要的。

让父母欣慰的是女儿的画已经很有成就了，很多老友见到了，都会说："柔老师，你女儿的画真的好呢，我们很喜欢啊。什么时候让你女儿给我们画一幅啊？"

这让父亲很有面子，连声说："一定一定。"

女儿却温柔地说："爸爸，我的画很值钱。"

"哎，钱算什么，人家看得起你才爱你的画。"

渐渐为此事父女起了争执。

"好了，媚儿，你连爸爸的话都不听了。还有你也真是的，媚儿的画卖了都是捐献的，那些人拿去也不过是炫耀而已。"

父亲听了也渐渐有了悔意，可终究应允了人家，总是要女儿画了拿去给人家才好。

后来才听说那个要画的人把柔媚的画卖掉了，父亲才懊悔不已。

"算了，爸爸。"柔媚总是淡淡的口气。

"媚儿，电话。"

"好的，妈妈。"

"你好，我是江南画室。"口气很熟悉。

柔媚想："谁呢？"

柔媚猜不出是谁，其实关于画界的许多事情柔媚一直都不是很清楚的。

“曾先生说，他不再代理您的画作，叫我自己和您联系。”

柔媚笑笑说：“好，你说吧，我不是很懂。”

“我这里有一份曾先生拟订的合约，你要不要看看？”

柔媚说：“也好，你送过来看一下吧。”

“请问，你还是住在静岸街吗？”

“哦，不，我现在住在沿江路。”清楚地告诉了对方地址。

放下电话柔媚想：“静岸街，那是很久以前的事情了。”

电话又响起来，“你好。”

“柔媚，我是玉清。”

柔媚微笑着说：“知道。”

“江南画室的人，有没有打你电话？”

“有。”

“一直都是他们代理你的画，以前和他们签的委托合同，现在已经满期了。你如果不想和他们合作，可以换一家。”

“做生不如做熟。”

“也好。”

柔媚听到他在沉吟。

“我以前和他们签合同的时候是给他们提15%的。以你现在的声誉来说，就给得太高了，所以我和他们讲了要降5个点。你看到合约的时候要看清楚了再签，千万别被他们骗了。”

“嗯，知道。”听上去已经是明显无奈了。曾玉清笑了笑，这个一直都是柔媚的弱项，柔媚最不擅长和人谈生意。

“还有，以前我怕他们换人，就一次签了两年。现在是他们怕你不想做，可能要求你签两年。你可以加一条，一年后要另定提成。”

“哎呀，那么麻烦，这个是不是太复杂了？我觉得很麻烦。”

曾玉清说：“你总得自己做这个。”

“可是弄这个我不耐烦呢！”柔媚的唇边溢着笑。

静了一会。

曾玉清慢慢地说：“那我过来。”

“嗯。”

“可是我怕爸爸，妈妈还在生我的气呢。”

柔媚微笑着说：“他们恨不得你尽快登门把我领回去呢。”

“那你愿意和我回去吗？”

柔媚后悔自己造次了，听了玉清的话，没说什么。

玉清沉默了一下。

“他们什么时候到？”

“很快就到。”

“那好，我也很快就到。”

曾玉清放下电话，匆匆出门，几乎忘记了要交待秘书。

忽然又怔住了，“那么积极干吗？她是你的前妻？”

曾玉清打开车门自言自语道：“别说傻话了，你敢说你不想她，不想要她？”

笑望着车镜中的自己，其实这何尝不是他想要的机会呢？

爸爸妈妈总是担心得不行，看见曾玉清总算来了。柔媚看着父母包围着玉清问长问短。心里叹息，“父母终究是老了，自己何用推销呢？”

七

曾玉清和江南画室的人聊了一会儿就把合约修改好了，叫柔媚来签字，柔媚伸伸懒腰说：“弄好了？”

“嗯，你看看？”曾玉清几乎是有点痴迷地看了柔媚一眼，柔媚似乎刚刚睡醒一样。

“我最看不懂这个。”

在父母的眼里这段故事应该过去了，父母还是觉得玉清最好。

出门的时候，江南画室的人问玉清：“柔媚小姐是否结婚了？”

曾玉清冷冷地看了他一眼，说：“她是我老婆！”

看着那人灰溜溜地离开，玉清才觉得奇怪，这怎么还会吃醋呢？

从这以后，曾玉清每天都来家里了。看到女儿巍然不动，老两口终于沉不住气了，你推我、我推你去问女儿。柔媚看在眼里觉得好笑，她忽然想如果告诉他们实话，说她和玉清早就离婚了，父母会说什么？

“媚儿。”曾玉清是一向殷勤，下了班就跑来，后来干脆把文卉送来了，柔媚笑他，当这里是他的家了。

“媚儿，明天我们去吃饭吧？”

几天下来玉清也有些急了。他深知，柔媚并不是没人要，不知道有多少人窥视着呢。想着柔媚可能被人家娶去，就什么脸面也不管了，趁着岳父岳母还对自己多看一眼，逼柔媚早点拿个主意。

柔媚笑着说：“明天是什么节日？值得去吃一次。”

“明天是个大节日！”母亲看了一眼柔媚笑着说。

“什么事情啊？你们好像都知道了，就我一个还蒙在鼓里？”

父亲也温和地劝说：“去吧，去吧！不要老是闷在家里。”

柔媚想了想，还是不知根底。

也就由着他了。

第二天曾玉清特意早早来了，看着柔媚还是没事似地画画。“媚儿，怎么还没有换衣服？”

柔媚笑着说：“我怕自己换早了，没有人请，那不是尴尬？”

“谁说的，想要请你的人啊，起码会有一个排！”曾玉清侧着身子站在柔媚的旁边，看到又是一幅大海，柔媚的海画已经成了一种特色，人们提到都说好。

“啊，我怎么不知道？”

“呵呵，他们问我，请问柔媚小姐是不是美女？”

“我说，是，绝对是个大美女。”

他们又说：“那可以约会柔媚小姐吗？”

我说：“这个可不行！”

“为什么？”

曾玉清笑得不可抑制。

柔媚看了他一眼，笑着说：“又在捉弄我。”

曾玉清一本正经地说：“哪啊？”

接着说：“我就说，因为她是本人的亲老婆。”

“你？”柔媚懒得看他。

“我，我怎么了？”曾玉清并不怕柔媚把气话说出来。

知道柔媚当着父母是怎么都不敢说的。

“懒得理你！”

“呵呵。”曾玉清看着柔媚气红的小脸就笑了。

看着柔媚和玉清有说有笑，父母又惊又喜的。总以为女儿要离婚了，看着他们又好了，听了都让人高兴。

“媚儿，孩子们都想你呢，你不想去看看他们吗？”曾玉清转着弯子和柔媚玩。

柔媚笑着说：“我昨天都去过了。”

“可是今天还要去啊。”

柔媚懒得理他，不再看他，继续画画。“走开，不理你。”

-M-

“媚儿，你怎么这样呢？玉清说了那么多的好话，人都累了，而且还做那么多的事情。和他出去吃顿饭也不是什么大不了的事啊！”父亲最怕人家说自己的女儿没家教。

“是啊，是啊！”母亲也说。

柔媚缓缓地抬头说：“今天是什么日子？”

曾玉清说：“今天是我们认识10周年，也是你的生日。”

柔媚抬头看了曾玉清很久说：“有10年了吗？”

“怎么一转眼什么都老了呢？”柔媚低头想。

坐在车上，柔媚还想笑。文卉连声说：“孃孃，我也要去！孃孃，我也要去呢！”

曾玉清说：“不可以去！”

“不！要去！”

“不行，你听话，等下回来送布娃娃给你。”

文卉湿润着眼，点点头。

“笑什么？”曾玉清看着柔媚笑着问道。

“笑你欺负孩子。”

“啊，我专门欺负孩子，看我的魔爪来也。”

柔媚看他忽然活泼起来，人也青春了很多。笑着回想起以前的日子，脸红了。

“媚儿！”

“嗯？”

“你知道你最动人是什么时候？”

柔媚羞了脸不理他。

“是羞涩的时候，就像现在。外面的女人早就老皮老脸的不当回事了，你还羞涩得像个孩子。”曾玉清认真地说。

“去！”

“真的。”

关好车门，走进酒店，找好座位坐下。曾玉清一直握着柔媚的手，怕自己一不小心她就不见了。柔媚侧头看了看他，也就由着他了。坐下来以后他还是握着，紧紧地，看得柔媚的脸又红了。

服务生在旁边咳了一声。

“嗯？你生病了吗？”曾玉清一本正经地问人家。

柔媚微笑不语。

“没有，先生。”

“那怎么咳呢？我看你一定是生病了。”

柔媚微笑着说：“别理他，他有点疯了。”

曾玉清看着柔媚认真地说“我是疯了，很多年前就疯了，想想，嗯，有10年了。”

服务生笑着看着两个人说：“先生、小姐你们真恩爱。”

“呵呵。”曾玉清笑着说：“错了，她是我老婆。”

柔媚转脸不看他，“谁是你老婆？”

服务生微笑着说：“请点菜吧。”心里却是暗暗羡慕。

“想吃什么，媚儿？”

柔媚说：“我想吃鸡肉。”

“我们这有口水鸡、白切鸡，还有……”

柔媚温柔地说：“那就白切鸡好了。”

“好的。”

曾玉清看了很久才说：“我和你吃一样的。”

“好好点菜，不要没话找话。”

曾玉清看着柔媚几乎有点生气的小脸才说：“要个虾吧。”

“那怎么做呢？”

“白灼吧。”

“好的。”

“再来一个时新青菜好了。”

“怎么做呢？”

“嗯，就蒜蓉吧。”

"好的，请问要酒水吗？"

曾玉清看着柔媚说："要吗？呵呵，没喝酒，我都醉了。"

-N-

曾玉清一直看着柔媚，柔媚最喜欢喝红酒和花雕酒。

"媚儿，看你多美。"

柔媚的脸因为喝了酒红红的，特别好看。

酒店里人越来越少，也少了很多喧闹。柔媚不是很喜欢西餐，因为没有中餐热闹。玉清就曾经笑她，在家里久了，喜欢热闹。

"柔媚，今天和我回家吧？"

柔媚懒懒地看着他说："为什么？"

"因为你喝醉了！"

柔媚极妩媚地说："你才醉了呢！"

曾玉清说："你不信？"

柔媚说："不信！"可是回去的路上，柔媚还是睡着了。

"媚儿，你看，那边的海好像一个湖呢？"

"这个是什么话？人家都说是湖像个海，哪有海像个湖的道理？"

"呵呵，为什么说海就不可以像个湖了，难道只许庄周梦蝶，就不许蝶梦庄周啊？

柔媚微笑着说："咦，哪来的学者？失敬，失敬！"

曾玉清忽然抱住柔媚说："媚儿，嫁给我！"

"不！刚刚成了自由身，怎么可能再去找个笼子呢？"

"啊，你说我这里是笼子？好，你个小坏蛋，我来抓你了。"

"哈哈……"

"媚儿，媚儿，怎么了，笑得那么开心？"

柔媚睁开眼睛看着曾玉清，再看还是曾玉清。

“你梦到什么了？”

“我梦到你向我求婚！”

曾玉清惊喜地问：“你梦到我向你求婚，你说你梦见的是我？”

“嗯。”柔媚懒懒地说：“好像是没结婚前的事情，那个时候我刚刚毕业。”

曾玉清伸手摸着她的头发说：“是我一直忽略你了，老记得忙事业却忘记了自己刚刚结婚，而且你还是个小孩子。”

柔媚看着他，也许吧，可有什么好追究的呢？

“我们明天回老家吧。”曾玉清似乎带着没有离婚的口吻说。

柔媚淡淡地说：“我们？”

曾玉清看着柔媚说：“错了吗？”

“你忘了我们已经离婚了。”

“可是那个早就已经……”

曾玉清讲不下去了，离婚终究是事实，可是好像有什么地方不对。然而哪里不对，玉清也说不出来。

父亲打来电话说，母亲身体不好，而且很想他们。

柔媚还是没有拒绝曾玉清，带着文卉回家了。

第十一章　没有爱，还剩什么

-A-

连心感觉自己真的是要死了。

小宛也想连心离开了，就可以减轻负担了。看着连心日渐衰老，看着家里的钱几乎都用光了，怎么都觉得这个不是自己的过错。以前再怎么奢侈都没见得说没有钱用的，现在却没有什么钱去打牌了。阿姨也雇不起了，每个月的消费也降到了最低，但还是不够用。看着躺在医院里的连心，心中不由得生起恨来。

连心知道柔媚是爱他的，可是柔媚为什么要爱他呢？想她的心情一天天地浓，总想自己可以快点好起来，去看看柔媚，自己要死了还有什么值得等待的呢？

看着外面的叶子又枯黄了，想今天小宛是不会来了。医院的医生和护士有的也开始嘀咕:“咦，那个人怎么还没有死？”

“是啊，奇怪了，一般像他这样的病人早就死了，不知道这个人怎么了，还没有死？”

“也是，你看到了吧，该死的时候还是要死的，你看他老婆都不来了呢。”

“可不是。前一段时间有个女人一直想见他，为了见他在院外的窗下站着，现在还不是不来了呢。”

“你说的那个是不是总是穿一身白衣的人？”

“是啊，我看着都觉得可怜了呢，也真是痴心，但这几天也不来了呢。”

“唉，人该死的时候还活着真是悲哀，听说他要出院了呢。”

“啊！又要出院了？”

“可不，过几天还得又送进来。”

“呵呵。”

连心办出院手续时没有人来接他，很多人以为只等着给他送死人钱就行了。可是人又活了，着实让人吃了一惊。连心很想和小宛说：我想去看看柔媚。

可是话到嘴边又说不出口，他想小宛才是自己的责任，爱柔媚只有来世了。

想着想着，忘记了想的是谁了，再想，就睡了。睡的时候梦里有个女孩子身穿白纱，在他的身边笑着，连心挥了挥手……

-13-

人得到尊重的基础是要有值得人尊重的本钱。很多人都知道中国人第一个尊重的绝对不是父亲，不仅仅是在子女的眼中如此，在所有人的眼中亦如此。

连心也不知道自己何时开始成了小宛的负累，可是看着眼色行事本就是人的本能。连心渐渐习惯了小宛用一种奇怪的眼神看他，或者说疑惑他生命力真够顽强的，死了又活过来。

回到公司的时候，老总也是很奇怪的，怎么连心又回来了。

老总已经着手培养了另外一个人。这个人见到连心总想，其实他是没有什么能力的，也没有什么出众之处，怎么自己就由着连心在自己的头上作威作福这么多年呢？自己总算熬过来了，哪里还需要受他的气。

连心自己也惶惑自己不是已经死了吗？怎么又活了呢？

“爸爸。”连辰辰对爸爸都失去了应该有的态度，也不如以前亲热了，很多时候非常冷漠。

“小宛，你看这个是怎么回事？”

小宛斜着眼说：“我怎么知道呢？”

连心叹息，可见很多时候还是要死的时候死了的好。

连心钝了，好像锋利的刀，经过了很多次砍杀钝了。

小宛静静地看着连心没有目的地在房间里转来转去，不知道他在做什么。她不时地怀疑自己，是否真正爱过这个人，怎么突然间所有爱的感觉好像风一样没了踪影呢？

连心是日见苍老，而老总发现公司没有连心一样可以，连心成了摆设。老总还是好言劝连心回去好好休养，不要为工作操心了。

连心离开的那天，公司里没有一个人送他。他出门的时候看到女秘书，忽然抓住她问：“你说我是不是真的没用了？”

女秘书看了他很久，然后安慰着说：“回去吧。”

连心在回去的路上还是不明白自己究竟做错了什么？怎么每个人的态度都变了呢？

连心一走，公司同事开始了长久的议论。

“哎，你说连总是不是傻了？”

“什么连总，是连心，那个才是老总，不要弄错了，小心你被炒鱿鱼。”

“我说的意思是……”

“得了，知道你什么意思。切，我怎么从来就没有见过连心聪明啊，他不过是比我们的运气好点就是了。哼，把老总的位置给我，我也会做的。”

“哎，也不是的，你想，本来说要死了，我的礼钱都准备好了，还想着说同事一场怎么也要尽点心的，你说怎么他又活了呢？要死的人就让他死呗！”

“也奇怪，我也是看着他就感觉不爽。以前他坐着那个位置的时候没有什么想法，可是说要死了，怎么又回来呢？真是的。”

“TMD！你小子早就窥视着那个位置了，是不是？也是，其实我们哪里比连心差，还不是他的运气好点！”

女秘书站在角落里听着，这些人曾经都被连心手把手地教过。

可是这个对每个人来说都是不愉快的记忆，谁不希望自己天生是出类拔萃的呢？

谁还愿意记起以前的事情？即使曾经被别人帮过，那又怎么样呢？还不是早就过去了。

女秘书心想一切都结束了，明天又是一个新日子，谁还记得曾经有个叫连心的人呢？

连心看着小宛，小宛并没有看他，很多时候看了和不看有什么区别？

小宛会有什么心事呢？

其实不外乎是打牌或者用钱的事情。

“不用担心，宛，我好了，可以去上班了。家里的事情还有我呢。”

小宛瞟了他一眼，腻烦地想，“怎么还以为自己有用？”

此时，电话铃响起。

“小心，姐姐都知道了，你现在好了吗？”

“好了。”连心低低地说。

“那就好，唉！姐姐幸亏是没去北京，去了那个杀千刀的不反了天了。唉，这不是又进去了，我要拿钱去赎他。”

连心静静地听着，没有什么表示。

姐姐也没有说话，想弟弟总是能听懂的。

可是弟弟没说话，姐姐想，也许是没听清楚。

“唉，几千块都没有，也不知道去哪弄？”

连心依然是呆呆的。

姐姐忽然生气了，连心是存心不帮忙了，什么时候变得这样吝啬呢？肯定是小宛捣鬼。连心听到姐姐放下电话，奇怪地想，“姐姐要说什么，怎么忽然把电话挂了？”

柔媚和孩子们跑在沙滩上，光着的脚趾，在阳光下闪着白光，曾玉清远远望去，想柔媚喜欢海，近乎痴迷。

回来好几天，母亲依然卧床。想想也是，母亲一生辛苦，孩子多，家庭人口多，几代同堂，父亲又是最吃不得苦的，一生可以做的也不过是蹲在角落里抽烟、叹气而已。回头看看，又是如此。

母亲一生吃尽了苦头，身体累坏了也是自然的，而自己可以做的也不过是拿点钱给母亲。母亲可以享儿女什么福呢？几个姐姐自顾不暇，哪里还可以照顾年迈的双亲。

“玉清你回来就好了。”二姐轻松地回家去了，家中还有小孩儿。曾玉清暗暗好笑：“一个比一个能生，这个算是少的了，也有三个了。”

“玉清，你们还不生孩子啊？”

“不想生了。”

“啊，怎么了？”

“啊，没有什么，妈妈，你好点没有，去我那里看看吧。”

“你刚才说，不生孩子了？”

“没有，妈妈，我没有说。”

“唉，你要记得，你自己是单传，一定要生个儿子出来。”

“记得了，妈。”

“唉，我也知道是柔媚不想生。可就是奇怪，我看柔媚也是很喜欢小孩子的，你看她们玩得多好，人家生了孩子都是为了以后。其实柔媚也很爱孩子。妹仔告诉我说，孃孃对她可好了，还说要照顾很多孩子。”

“谁？”

“就是你带回来的妹仔啊。”

“哦。”

曾玉清握着母亲的手说：“她就是这么善良。”

“可是你们一定要有自己的孩子啊，要不老了谁养你们？”曾玉清几乎掉泪，说这个话几乎是个讽刺了。

“妈，我知道了。”

“我知道你的意思了，唉，我也管不了，要是从前，谁家的媳妇不生养是要休掉的。”

曾玉清笑着说：“不是我休她。”

“什么话，难道她还能休了你吗?”

“呵呵。”

曾玉清想如果母亲知道他和柔媚离婚了，说不定立刻帮他定亲。还会说：“总是要找一个宜生养的才好。”想着想着曾玉清就笑了。

他知道柔媚不爱他，可是柔媚依然当自己是她最亲近的人，这个就够了。

回程的时候文卉叫着要和孃孃睡。

柔媚溺爱地抱着文卉，文卉睡着了。感觉累了，她自己也睡着了。曾玉清看着柔媚忽然想，就这样终老多好!

第十二章 冬 天

一

连心看着外面的树，叶子一片片地往下坠。

心荒凉得就像一片枯叶。

家里没人，所有人都出去了。

小宛可能去收房租了，她最近老念叨这个。辰辰去学校了，小小的人儿已经是幼儿园大班的孩子了。小宛说要早点送去才好，可以早点上学。

阿姨也被小宛辞退了。小宛有的时候自己煮饭，有的时候买一点来吃，总是笑着说："你很好对付。"

连心想自己真的是好对付，怎么什么都可以吃得下？

以前吃什么东西的时候老是想这个不好吃，那个不好吃，觉得是胃在挑剔，其实是人的嘴巴在作怪，吃的东西久了嘴也就刁了。

很多时候连心是在沉思。小宛很少打扰他，或者是漠然。

连心喜欢春天，不喜欢秋天。秋天给他的印象永远是寒冷的。连心小时侯没衣服穿，穿的总比别人家的孩子短，即使是小宛都会说——连心，你的裤子是不是短了。而家里好像始终在忽略他。

父亲并不是虐待连心，只是不关心罢了。

连心对父亲印象很多时候是个奇怪的影子，好像有个故事还没开始就跳到了结尾。

母亲年轻的时候来看连心就会叹息着把连心的衣服做得长点，这样连心的衣服看上去又太长了，怎么看都是人家送的。

想着想着，一切都远了，几乎是个影子。

连心不怪父母。对父母来说，他们是尽力了，爱情让他们一生纠结，已经耗干了生命里的一切，哪里还顾着不小心制造的小生命。

有一次，连心和小宛开玩笑说："小宛，我们又在重复父母的故事。"小宛看了很久才淡淡地说："那么久了你还记得？"

"你不记得了吗？"

"不记得了。"

连心知道小宛记得，如果不记得也不会嫁他，因为小宛是惟一可以联系到母亲的人。

-13-

"玉清？"王总的夫人轻声呼唤。

曾玉清跳起来叫："嫂子？"

"怎么一个人呢？"王夫人轻盈地坐到了曾玉清的对面。

曾玉清定了定神说："哦，柔媚去看孩子了。"

"你们有孩子了？我怎么不知道？"懒懒地问。

曾玉清有点后悔没有和柔媚一起去，只说自己有点累了，想休息一下，怎么就碰到她了。

"怎么又和好了？"她斜着眼看着曾玉清。

曾玉清看着外面说："你看秋天到了。"

"那有什么关系？我们还是春天。"

王夫人伸手捏捏曾玉清的手说："我想你呢。"

曾玉清缩了缩手说："公司里这段时间还好吗？"

"我知道啊，我知道你一向能干，还有……"

曾玉清忽然站起来说："我想她快回来了，我去看看。"

王夫人看着曾玉清仓皇离去的样子，抿抿嘴巴想："见过的男人多了，怎么就偏偏对这个念念不忘呢？"

拿过他喝剩的咖啡，对着他的口型抿下去，觉得格外香甜。

“是不是该给他加薪了呢？”

然后笑笑，不语。

曾玉清看见柔媚，惊魂初定，老远就伸出手去，好像迷路的孩子，总算见到了母亲。怕自己再也见不到她了，紧紧抓住，怎么也不肯撒手，狠狠地抱住柔媚叫：“媚儿，媚儿，媚儿……”这一刻他恨透了柔媚的信任，宁可让柔媚知道自己的为难。

“嗯，怎么了？一头汗！”柔媚一惯的平静，这一刻看来都有些残忍，男人总是在麻烦来临的时候才懂得回归，希望自己的心事有人分担。

曾玉清稳稳神说：“没有！想你呢。”

柔媚微笑着说：“嗯。”

孩子们呼啦冲过来，大声地喊玉清哥哥。曾玉清笑着迎上去，抓抓这个耳朵，捏捏那个脸，孩子的快乐也不过是有人关注自己而已。

柔媚远远地看着，笑了。

小威默默地站在柔媚的身边想：“姐姐，你快乐吗？姐姐你好吗？姐姐我有许多的话要对你说，姐姐，我会保护你的。”可是他终究什么也没有说，只是低声叫：“姐姐！”

“嗯？小威怎么不和他们一起去玩？”

小威看看远处，又看了看柔媚想：“姐姐，你宁愿我是孩子是吗？”可他还是没说，只是点点头应了一声：“好。”

一会儿他忽然回头说：“姐姐，我想要你快乐。”

柔媚温柔地说：“你怎么知道姐姐不快乐？”

小威说：“姐姐，我要走了。”

“嗯？”小威已没了双亲，最亲近的人都在这里，走到哪里去？

小威微笑着说：“上中学就要住校了。”

“哦，这个不怕，周末还是有时间的。”柔媚温柔地说，伸手摸摸他的头发。

“姐姐忘记了，周末姐姐给我报了英语班了。”

“哦，是啊，呵呵，那只有放假再见了。”

“姐姐，你如果不要玉清哥哥了，要我好吗？”

“嗯，说什么呢？这个孩子！”

小威微笑着说：“陪你啊！”

“又胡说了，去玩吧。”

-七-

这个季节突然变得很漫长，让人无可奈何。

连心忽然喜欢上了折纸鹤，把家里可以找的纸都找了出来。

一个个的纸鹤在他的手上，漂亮而灵巧。小宛见他似有所托，反而安心了。偶尔也会出去打个小牌，赢了自然欢喜，急着出去消费；输了就懊恼几天，可还是乐此不疲。

连心记得自己生病时柔媚来看过自己，想到她就会隐隐地痛，奇怪自己还有感觉。

很多时候，过去的一切不过是个梦，睡的时候没有清醒时来的真实。

柔媚说：“我们以后就不见了。”

“嗯。”

柔媚说：“见了又怎么样呢？”

“嗯。”

柔媚说：“还不如不见的好。”

“嗯。”

柔媚说：“走了，就不要再来了。”

“嗯。”

以后都不要再来了。

“嗯。”

连心知道那不是梦，那是最后一次去看柔媚，分手的时候说的话。

柔媚知道，见和不见他们都是相爱的。

还不如放在记忆里。

可是柔媚还是忘记了，还是来了北京，想见他。

柔媚终究是个凡人。

曾玉清忽然忙了起来，没有什么时间陪柔媚了。

几年的夫妻，柔媚已经习惯了曾玉清的生活方式。

早一段时间，曾玉清还把复婚挂在嘴巴上，这段时间也不见他提了。

柔媚笑笑，画完最后一笔，其实还不是一样。

站起来觉得身体酸酸的，人都懒了。

柔媚趴在阳台上，看着人流车流。远远的有两个人，时而争执，时而拥抱。柔媚想终究是有人喜欢爱情的，总是在爱情圈里面跑。

看着两人分开了，女人顺着风跑。

男人紧张得不行。

男人又抓住女人，搂住送上车。

柔媚想：“他和玉清穿了一样的衣服。”

然后人不见了。柔媚想人家也是有生活故事的，谁说大都市里都是平凡的人。

突然门响，柔媚迎了出去，看着曾玉清疲倦的脸，显得憔悴了很多。

“怎么了，很累吗？”

"嗯。"曾玉清抱了一下柔媚，一身的香。柔媚想他什么时候喜欢用香水了？

"你用的什么香水？"

"嗯？没有啊。"曾玉清嗅嗅衣服说："哦，今天见了一个客人，是女的。"

"哦。"

"我去洗一下。"

"嗯。"

"柔媚，今天没出去吗？"

"出去有什么好，在家里多好，还可以看见街景。"

曾玉清的脸一片白，急忙问："你看见什么街景了？"

"呵呵，一对恋人。"

曾玉清慢慢坐下来说："什么恋人？"

"没什么，去冲凉，我觉得你今天话特别多。"

曾玉清走进浴池间。柔媚收拾他的衣服的时候看见了一条很长的头发，打趣地说："你还要做公关啊？"

曾玉清问："什么公关？"

"呵呵，你看，这根头发好长。"

"不是你的吗？"

"我哪里有这么长的头发。"曾玉清想："她要问了，就告诉她，还要请求她的原谅，从此再无负累。"可是柔媚只是把头发卷起来扔到垃圾桶就再也没有提起了。看了她很久，曾玉清想说话，张了张嘴还是闭住了。

-D-

连心喜欢把纸鹤一个一个挂起来，他觉得好看。

可是，小宛却是懒得看一眼的，只是悻悻地说：“又弄一堆垃圾。”连心心里明白纸鹤并不是他的梦，而是一种寄思。

小咖啡馆有小的好处，人少，清净。柔媚选的时间，正是学生上学、大人上班的时候，这里安静得只有他们两个，快乐而温馨。

“连心，你喜欢纸鹤吗？”柔媚托着腮问。

“什么纸鹤？”连心小的时候没有真正做过孩子，长大成人更是没有机会做孩子，对小孩子的玩意儿是一窍不通的。

柔媚笑着说：“哈，你真傻，纸鹤都不知道。”柔媚又何尝知道，只是看着连心的样子好玩取笑一下就是了。柔媚折纸鹤是从小纹那里学来的，可是总是没有机会施展给别人看。

“是啊，你告诉我，是什么？”连心握住她的手，看见柔媚的笑已经心醉，希望这样的日子可以长长久久。

“那，就是这个。”柔媚一双灵巧的手，把餐纸折成了一只纸鹤，拿在手心上，白色的，很可爱。

连心看着心想，见过的，可总是孩子玩的东西。没有人教过自己，自己也没有兴趣。现在看着柔媚觉得什么都好，想着说：“哦，原来这样，你来教我。”

“好，要教学费哦。”柔媚调皮地说。

连心看着柔媚的笑，也微笑着说：“嗯，行！”

“这个可以吗？”柔媚拿着连心折的纸鹤叹息。连心的手极生硬，折的不像纸鹤，怎么看都像纸团。

柔媚手把手教着连心说：“这样才可以呢。”

“嗯，对了，就这样！”柔媚看着他折对了，赞了一声。

柔媚拍手笑：“成了！”

连心温柔地说："送你！"

"送人家的纸鹤要送1000只，怎么可以送一只？"

"那我也折1000只给你！"

"呵呵，你一折就厌烦了呢？"

"怎么会？"

可是连心一直都没有时间折出1000只纸鹤。

生病以后有了时间，居然真折了，数了一下有600只了。人累了，睡去。梦里是柔媚淡淡地笑着："你看，你看，连心，你给我的纸鹤我都留着呢。"

柔媚打开门，看着小威满脸不高兴的样子便问："小威，你怎么来了？"

"嗯，姐姐。"小威一见到柔媚，就要哭起来。想着刚刚和曾玉清碰个对面，看见他臂弯里的女人，居然微笑着把眉眼飞过来说："这是谁啊，我怎么不知道你有这么个帅气的弟弟，看着都让人疼爱。"

柔媚站在身边比了比说："真的长大了，人高了，声音也粗了。"

小威看了看房间里没有别人说："姐姐，我不想去读书了，这样可以天天见到你，照顾你。"

"嗯，什么？我哪里用你照顾，有你玉清哥哥照顾我呢。而且我也不需要人照顾的，你看我不是好好的吗？"柔媚边说边拿出许多水果和饼干。

小威想，"我怕他不懂得照顾你呢，我怕他伤你的心呢，姐姐你是个天使，我不想让你受伤。姐姐，我该怎么做？"想了想又说："没什么。"

"小威你怎么说话吞吞吐吐的，想说什么说不出来呢？"柔媚笑着说。

“没有什么。”小威闷闷地说，心里却决定去找曾玉清谈一下。

小威看见阳台上的画架问：“姐姐，你画了什么画？”

“看看，来。”柔媚拉着小威的手，这一刻的柔媚好像一个孩子。记得第一次见到小威的时候，柔媚也是这样拉他的手说：“小威我会画画哦，你要不要看一下。”

“姐姐，你怎么画了那么多纸鹤？”画面上都是各种颜色的纸鹤，展翅膀的，休息的，低头的，看着很漂亮。

“呵呵，好看吗？”柔媚快乐地说。

小威看了又看说：“嗯，好看。”忽然他看着画惊讶地叫：“姐姐，这个……这个是大海？”看着那纸鹤翻飞，似乎海浪翻滚。

柔媚笑笑，温柔地点头。

“姐姐，你快乐吗？”看了很久，小威低声问。

“是啊，怎么了，你不快乐？”柔媚想小威不高兴才会想姐姐是否快乐，可是快乐是会感染人的，看见小威的时候她总是记得把笑流露出来。

小威要确定曾玉清在姐姐心中的位置，于是问道：“姐姐，玉清哥哥对你好吗？”

“好啊。”柔媚微笑着说，“你好久没见过他了吧？”

“嗯。”小威轻轻地应了声，脑子里却是曾玉清遇见他惊慌失措的脸和乞求的眼神。为什么呢？为什么呢？他是爱姐姐的，这个小威早就知道。可是为什么呢？

“姐姐，我爱你。”小威抱住柔媚说。

柔媚拍拍小威的后背，安慰地说：“姐姐也爱你。”

“可是姐姐……”

“嗯，什么？”

“没有了，姐姐，我还有课，我走了。”

“好，姐姐很想你，有空来哦。”

“嗯。”

小威走了。柔媚慢慢收拾起所有东西，看了一眼外面，秋天了。女秘书曾对她说：“连心熬不过这个秋天。”1000只纸鹤就是1000个祝福，连心，我画了几千只纸鹤了？

三

“连总，”女秘书看着一屋子的纸鹤。

对着连心的床是一个不大的窗，女秘书知道这个房间是连心家的保姆住过的，房间里还算暖和。可见小宛也不是全没有良心的，只是日子久了，人不耐烦而已。谁家有病人谁知道，这其中的冷暖也无法说清楚的。

“你来了，还好吗？”连心淡淡的口气，手里依旧折着纸鹤，动作纯熟得几乎是在变魔术，一张纸转眼就成了纸鹤。

“我还好，你好吗？”女秘书走近，看着他的手指，灵巧而熟练，“练过几千次了吧？”

连心举起纸鹤看了看，满意了，放下，又另拿一张纸，一边折一边问：“都好吗？”

“好。”

想了想没有什么话说了。“看！多简单。”其实人和人之间也是简单，不外是你、我、他而已。

“老总让我代他向你问好。”女秘书是受托而来的。

“嗯。”连心应着，似乎这些已经是很久远的事，很久远的人了。其实也不过是几个月而已。

“连总，你什么时候回来就好了？”女秘书不敢直说，怕连心笑。

连心淡淡地说：“回去干什么呢？”

“老总后来培养的那个人，要把公司独吞了，老总也没有办法，老说还是你好。总是说，要是你在就好了。”女秘书索性说了，看连心的反应，心里在想人都是有感情的。

连心想想，那些都是以前的事情了。

“老总问你怎么办？”女秘书看着连心的眼睛，清澈见底。

连心笑说：“我怎么知道？”

“可是你真的就眼看着老总受难你就不管了？”

连心微笑着说：“想管也管不了了。”

女秘书惆怅地离去。

看着女秘书走了，连心才轻声地说“媚儿，你说，我还可以吗？”想着柔媚的脸，累了，便睡了。

再醒的时候眼前是老总的脸，萎缩，尴尬，还有期待。

“连心？连心”老总看到连心睁开眼睛，一迭声地叫，怕自己叫的声音不够大。

“嗯？怎么了？”以为是在做梦，坐起来，看着老总。

“连心，有人要抢我的公司了！”老总孩子似的脸上都是泪水。

“你看你在的时候多好，我什么都可以交给你做，也不用担心的。怎么现在就不行了呢？整天好像防贼似的，我怎么办？连心，我该怎么办？我老了，这个公司是我的一切啊！我没有能力了，连心，我就这个公司了，他怎么还要拿啊？”老总看起来无比彷徨。

连心有些疑惑，老总一惯威严，怎么就到了这个地步？可见是真把连心当成了自家人，全不避讳了。

连心笑说：“那就给他吧！”

“可那是我一辈子的心血啊！”老总泣不成声地说。

“也不过是个梦而已。”连心淡淡地说。

“连心救我啊！连心救我……”老总拉着连心的手不停地说。

想想做人都要安心的，总不可能拖着无奈去的。连心看着老总，自己自从毕业就一直在他的手下。他看着连心成长，总是有恩的，想了想，问：“公司近况如何？”

“一团糟！”老总把手摊开。

“我没有资料。”连心知道老总是有备而来的。

“我有！”老总急忙拿出，本以为连心不帮他，他就送去举报。宁可自己毁了，也不要人家得去。

连心伸出干瘦的手说：“给我看看。”

老总喜出望外地拿出来给他，心想还是连心好。

“我要慢慢看看。”

“慢不得，已经下了最后通牒。”

连心笑笑说：“尽力吧。”

一千一

夜里曾玉清睡得极不安稳，他梦见柔媚一身白衣，飘然而去，极为洒脱。

“不要走！求你不要走！”

曾玉清睁开眼，看见柔媚，紧紧地抱住喊，“媚儿，媚儿。”

柔媚轻轻拍他的背：“又做噩梦？”

“嗯。”曾玉清还是死死地抓着柔媚的手不放，惊魂未定的样子。

“媚儿，你会不会离开我？”

“你说呢？”

“媚儿，媚儿，我爱你！”

“嗯，我知道。”

“别再说了。”

柔媚只是闭着眼睛，轻轻地说：“睡吧。”

接到小威电话的时候，曾玉清还是来了。他等了几天不见柔媚的反应，知道小威是绝对不会放过他的。现在他宁愿有人来指责他背叛柔媚，这样他的心才安稳一点。

曾玉清看见小威冷冷的眼神，走过去，坐下来，人疲惫得想睡。几天的挣扎，人都没有了什么生气。小威看着他的样子，心就软了。他对柔媚姐姐怎么样，小威是看在眼里的，可是想到他背地里与别的女人做的事情，心又冷了。

曾玉清想，小威为什么不说呢？为什么不告诉柔媚呢？他知道小威是真心爱着柔媚，知道小威最恨别人对不起她，知道小威只是不想姐姐落泪而已。看了很久，小威说："你们见过几次面了？"

"为什么这么对柔媚？"小威没有叫柔媚姐姐。

曾玉清看着小威想，孩子究竟是长大了。

抽出一支烟，燃起，慢慢地说："柔媚不爱我。"

"是你不肯放手，还要诬陷！算不算男人？"

"是，是，是我不肯放手，可是她！她爱过我吗？我为她付出一切，甚至是自尊。"

小威怜悯地看着曾玉清，曾玉清避开他的眼睛，低声说："现在无法回头。"

"那你就放过柔媚吧。"

"不！"曾玉清豁地起身大声说，"不！我爱她！我不可以失去她！"

小威轻蔑地看着他说："你还配爱她？"

曾玉清坐下说："只是那个人不肯放手而已，我们为这个不知道纠缠了多久。"

小威没说话，看了看玉清，走了。

夜里曾玉清紧紧地拥住柔媚睡，怕自己一松手，人真不见了。

电话铃声响起，声音格外悠远而绵长，似乎几里外都能真真切切地听见。曾玉清懒得去接，手依然抱住柔媚。

柔媚知道不会是找她的，翻身睡去。曾玉清无奈地拿起电话。

“什么？”曾玉清先坐起。

“是，是。”曾玉清一边点头，一边穿衣服。

“啊？”叫了一声，曾玉清人都呆了，摸了一下额头，怕自己发晕。

“好的好的。”

“媚，起来。”他放下电话，不停地喊柔媚。

柔媚懒懒地说：“什么事情？”

“小威杀人了。”曾玉清急切地说，怕柔媚还没有睡醒，没有听清楚。

柔媚叫起来：“啊？为什么？”跳起来，再叫：“为什么？”

“不知道。”曾玉清惨白着脸，脑海里不断地想。不可能，小威不会这么做的，可是，想着小威离去时候的表情，不禁一阵阵后怕。

“孃孃，怎么了？”

“文卉，乖乖，孃孃和舅舅出去，你一个人在家怕吗？”

“不怕，可是你们要快点回来。”

“好，出门的时候曾玉清反锁了门。”

他们匆匆赶到派出所。

看见的是小威惨白的脸。

柔媚抱住小威：“姐姐来了，怎么样？还好吗？”

“嗯，姐姐。”

“姐姐，我爱你！为你我什么都肯做！”又抬头看着曾玉清说“包括杀人！”曾玉清白着一张脸，在旁边站着。

被害人并没有死，由于受到了惊吓，再也不敢见曾玉清了。

小威未满14岁，免于诉讼。

-G-

“连心。”小宛笑盈盈地走进来，手里托着一碗热汤，“快来喝，一会儿冷了。”

连心看了一下，才说：“你先放下吧，我把东西看完。”

看了一会，人累得不行，想放下，又怕人家催，还是坚持看完了，放下，慢慢地躺下去。

小宛把头伸进来看了又看，说：“怎么还不喝呢？是特意为你煮的。你不是一直都说广东人煮的汤最好喝吗？我特意去买了本粤菜谱看着煮的呢。”

连心点点头，应了声，睡了。

“连心起来，连心，起来啊！”

连心朦胧地看见一张脸，因为太接近，看不清楚，只是毛孔很大，嘴巴一张一合的，看得他胃几乎收紧：“什么事？”

“我帮你把房间打扫一下啊，你起来，去我们房间睡。这里怎么可以睡人呢？这么小，而且还潮湿。”

连心想说：“不是你说这个房间小，温暖，可以养病吗？”

张了张嘴，还是闭上了。其实有什么好追究的呢？人和人之间不过如此，子女对父母都可以弃养，父母对子女都可以不闻不问，更何况是没有任何血缘的夫妻。

连心乖乖地站起来。

“咦？你瘦了很多啊，这个衣服穿不得了！”小宛好像刚刚看见似的。

“你看，多脏！看着都以为我虐待你似的。我又给你买了新衣服，水也放好了，你去洗洗，要去公司的，人还那么邋遢，怎么好啊？一天到晚都要人家照顾，都那么大的人了。”小宛一迭声地唠叨着。

连心一连声地应着：“是，是，是。”

很久没听到小宛唠叨了，很长时间小宛只要看他一眼就已经让他心满意足了，可见还可以被唠叨着对现在的他来说也是幸福的。

连心站在镜子前看自己，恍惚中几乎不认识了，谁呢？

小宛完全不在意地说："还不快点，咦？还看什么呢？"

连心慢慢回头，看着小宛在身后，静静地忙这忙那。他慢慢去洗手间，躺进浴盆的时候，水温刚好，人瞬间放松。小宛究竟是了解他的。

"怎么还没有好。"小宛推门进来，看了一眼，似乎是在看辰辰。"好了好了，起来了，不要洗那么久，会生病的。"

连心想，真是把我当辰辰了。笑着说："还能病到哪里去呢？"

小宛才惊醒似的看了一眼连心，脸转了一下，一片晕红。

小宛放下衣服出去了，连心笑笑。

连心回到房间，完全是变了样了。纸鹤也收下来了，放在一边，桌子和椅子也抹过了，被子、床，看上去干净得几乎没有人住过。

小宛看着连心问："这个还要吗？"连心点头，小宛才把一堆纸鹤放下了。

"怎么起来了？到床上去，你还没好呢？这里随便弄一下就好了，等有个合适的阿姨还是要找一个，你的身体要有人照顾才好。"

连心低声说："我在这里挺好的。"

"什么啊？你说什么啊？真是的！"说完小宛气的把背对着连心，身体一耸一耸的。

连心奇怪地想，嗯？在哭？可是一时之间又不知道该做什么，不敢伸出手去。忽然小宛又笑了，转头说："傻子，怎么病得连哄人都不会了？"

连心也陪着笑说："是啊，人都病傻了。"

十一

坐在沙发上，小威一阵阵害怕，看到血才知道，杀人是什么滋味。

可是最怕的还是柔媚，眼睛冷冷的，没有一点温度。即使小威不小心把柔媚的画撕坏了也没有见过柔媚这样的眼神。

“姐姐，我……”

“不要叫我姐姐。”

“我……”

“小威，你长大了，是个大人了，其实我早就该给你一个自在的天空了，不应该还以为你是个孩子由着你的性子。”

“啊！姐姐，你是什么意思？”

“我说了，不要叫我姐姐！”

“小威，我想过了，你要转学，这个是你的地址，学校我也给你联系好了，学费我给你打到了这个账户上，你要用就去取。这是卡，一直到你上完大学。”

“好了，你走吧！”

“姐姐，不要……”

“我不想看见一个不懂得珍惜自己的人。”

“姐姐是我错了。”

“我最恨暴力。”

“姐姐，我错了，你原谅我。”

“而且是个女人，就算是她犯下了天大的错事也有法律来惩罚，怎么就轮到你出手，难道姐姐没有教会你什么是爱吗？”

“姐姐，我错了，姐姐原谅我。”

“不是要我来原谅你，也不是要人家来原谅你，要的是你自己来原谅自己。”

“姐姐我懂了。”

“小威，姐姐为你痛心，只是希望你懂，生命是多么宝贵，爱人是多么重要，我们生来平等。”

“姐姐，我让你伤心了。”

“是，让我难过，你难道不知道姐姐一心想让你知道，这个社会可能有很多不公正的事，这些事让你难过，可是姐姐和所有人给你的爱还不能抹平你的伤口吗？”

“恨一个人很容易，可是爱一个人就该让那个人快乐，你懂吗？”

“姐姐，我懂了，可是求你不要让我走。”

“你一定要走。”

“姐姐。”

“没有回旋余地。”

“柔媚，还是不要让他走了，他还那么小。”

柔媚一双亮晶晶的眼，看了曾玉清很久，才慢慢地说：“任何人做错了事情都是要付出代价的。”

曾玉清不敢再说话。

“姐姐，我去，可是姐姐，我放假了可以回来看你吗？”

柔媚的眼湿润了，温柔地说：“当然可以，可是我觉得你去帮助需要帮助的人比看我还重要，而且更加让我快乐。”

“姐姐，我懂了。姐姐，我走了，你要好好照顾自己。”

“好。”

“不要不快乐。”

“好。”

“不要悲伤。”

“好。”

突然他看着曾玉清说：“姐姐就交给你了。”

曾玉清点点头，这也是他一生的承诺。

十

柔媚没有去送小威，只送给他一幅自己的画，画了很多纸鹤，非常漂亮。

小威像大人一样，紧紧抱住柔媚说："姐姐，你放心，我不会忘记我的话，我会努力学画画，以后要考美术学院。"

"好，姐姐信你。"

曾玉清说："我送你吧。"

小威的唇边挂着微笑说："你还是照顾姐姐吧，她才是我的牵挂。"

文卉不吭声，只是跟着，从开始到现在她什么也没有说，只是跟着，看着。

"小卉，回去吧！"

小卉还是跟着。

"回去了，好不好？"

小卉还是跟着，最后小威回头看着她，文卉双眼亮晶晶的，全是泪水。

小威叹了口气，抱住她，亲了一下她的额头说："傻妹妹，怎么了？"

"我不想你走，我不要你走。"

小威把她的头抬起来说："小女孩子羞羞哦，来刮刮脸，呜，哭鼻子了，呵呵，不好看了哦，等下被人家说成小花猫了。"

文卉抱着小威，哇哇地哭起来。

小威又叹了口气，抬头看见阳台上柔媚在画画，想："姐姐，我走了，有一天我会让你以我为骄傲的。姐姐，我不会再让你难过。姐姐，你知道吗？我爱你！"

"媚儿，你怎么那么狠心，小威还小呢。"

柔媚淡淡地说:“他小?怎么就懂得杀人了?”

“也许是有原因的。”

“什么原因?”

曾玉清吓得不敢再说话，柔媚也不再问，只是低头画她的纸鹤。1000只纸鹤就是1000个祝福，小纹说的。

累了，柔媚抬头看看，又落了一片叶子，深秋了。

“媚儿，我有事情和你说。”曾玉清应该是深思过了，几天没睡觉似的，眼窝都陷了下去，不知道和自己斗争过什么。

“什么事情?”柔媚放下画笔，看他的神情，知道一定是非常严肃的事情。

“我想独立!”

“嗯，什么?这个从何说起，怎么现在有人管着你吗?”

曾玉清笑笑说:“我说的是工作。”

柔媚想了想说:“你有这个能力。”

“不仅仅如此，我还有客户。”

“好啊，那我岂不是老板娘了?”柔媚笑着说。

“何止是老板娘那么简单，你还是公司董事，总经理，秘书长。”

“去，怎么我一个人全做了。”

“那你的意思是赞成了?”

“为什么反对，有老板娘不做，傻呀?可是你又要辛苦了。”

“谁不是辛苦过来的呢?不过没有什么时间来陪你才是真的。”

柔媚温柔地笑着说:“没关系，我喜欢做老板娘。”

-J-

冬天来的时候，连心被老总请回公司开了一次会。公司的老人显然不多了，就是有也早就被人收买了。

连心看起来没有什么生气，大家都不信他还可以支撑过这个冬天。

观望的人还是占大多数的，没有几个人会为了几吊薪金去给人卖命，这点连心心里有数。他只是简单了解了一下公司目前的状况就散会了。女秘书看着连心想，“老总是不是真糊涂了，连心看上去几乎就剩一口气了。”

连着三天，十几条命令下去，整顿人员，精简机构，被炒的人不敢辩驳，升职的人自然欢喜。大家看见了以前的日子，奖罚分明，有了奔头。

连心知道公司的弊端是八成的客户去了彼方，如果不能够挽回还是于事无补。可是手里可用的人还找不出一个能担此重任的。

“连总，我可以！”

“嗯？”

“我一直做秘书，所以他的事情我大部分知道。”

连心微笑着说：“险些把你忘记了，好，那就去试试吧。总比干等着自己死好。”

女秘书忽然说：“连总你不会死的，那么多人还要等你吃饭呢。”

连心笑笑，这个笑话并不是很好笑。

女秘书毕竟是知情者，在和对方谈判时多了很多杀手锏，正如她自己说的：“知己知彼，百战百胜。”

虽然仅仅挽回客户数量的三成，但也足够让这个公司撑下去了。连心松了口气想，事情办成了，人也该走了。老总即刻恢复了往日的威风，人也精神了，说话也有力气了，似乎又是以前那个什么都不怕的人了。他大摆宴席，给大家庆功，连心却没有去，这就叫功成身退。

连心没有来，老总想也是应该的，人都病了，哪还有什么力气吃饭呢？

女秘书来看连心,连心在房间里折纸鹤,“连总,我替你抱不平。”

连心笑笑。

女秘书说:“我也不做了,做得没有意思。”

连心说:“我已经推荐你做副总了,你怎么可以不做呢?”

“啊,真的?我还不知道呢。”

“明天一宣布就知道了,急什么呢。”

“连心,你真好,我爱你。”

连心微笑说:“不要爱我,我是个将死的人。”

“怎么会呢,你会活1000岁。”

连心笑笑。

夜里,连心还是睡在以前保姆睡的房间里,小宛也没有来叫他去房间睡,连心模糊地想还是归位了。这样才好,一切都是个梦而已,醒着与睡着有什么分别呢?

梦里柔媚温柔地说:“连心,我的纸鹤折好了吗?”

看着曾玉清整天忙碌,文卉抱怨他说,怎么舅舅又忙起来了?才闲了几天。

柔媚笑着说:“他哪里有闲着的时候。”

“孃孃,我嫁人绝对不嫁商人。”

“嗯?那么想嫁给怎样的人?”

“孃孃,我不喜欢寂寞,不喜欢等待,不喜欢闷的时候没有人陪。”

“那就找台电视来嫁。”

“为什么?”

“谁都要讨生活的,没有人是你的全天跟班。”

“唉!”

柔媚笑着想,“怎么现在的女孩子还没有来得及长大就先想着嫁人了？就算是嫁了还不是要辛苦一辈子，为了生活而四处奔波。”

-七-

柔媚接到小威的信和照片，照片上的小威高大帅气，她微笑着想：“咦，长大了哦。”

信里是简单的几句话：“姐姐，我现在才知道帮助别人才是世界上最快乐的事情。我这个假期要去山区了，教山里的孩子画画。”最后是小小的几个字，小威羞涩地说“姐姐，我的画被收进美术书了。”

柔媚笑了，这个她早就知道了，想到他一切都好，心里就很快乐，“还有，姐姐，你的钱不要再汇了，我现在开始工作了，可以自己照顾自己了，你的钱可以去救助另一个小威了。”

柔媚的泪水忽然溢满了眼睛：“小威真长大了。”

曾玉清回来的时候，柔媚还对着信一会儿哭，一会儿笑。“怎么了？”曾玉清问。

“看看吧！”柔媚举起照片。

“嗯，是小威呢，高了，也结实了，黑了很多，可是很阳光，看上去很快乐。”

“是啊，更加帅了。”柔媚温柔地笑。

“怎么现在不用你帮助他了啊？”

“嗯，是啊，大了。”

“嗯，是。”

“孃孃，我回来了。”

文卉来看小威的信。

“小威哥哥的信，我来看。”她一把抢去小威的信，曾玉清无奈地看着柔媚，“你把她惯坏了！”

“怎么会？孃孃是吗？”文卉嘟着嘴巴做鬼脸。

“小威哥哥长得好高哦，孃孃，我有没有长啊？哥哥都长了，我有没有长啊？”

“有啊，你看，你快和孃孃一样高了。”

“不要，我还要长大点。”

“那是为什么呢？”

“我可以追求小威哥哥啊。”

“啊？”柔媚骇然，“怎么这个时代的女孩子都这样？”

曾玉清笑说：“吓到了？”

柔媚笑笑说：“我是不是老了？”

“哪里啊？你在我眼里永远是年轻的。”

柔媚回头看看外面，对曾玉清说：“冬天了！”

“孃孃，我也要去住宿，也要去住宿读书。”

“啊，为什么？”

“我也要独立啊，我也要长大。”

“啊，那好吧！”

“孃孃最好！”

-L-

“媚儿，你来看。”公司走上了正轨，曾玉清更喜欢赖在家里，喜欢看看新闻，看看报纸。

“什么？”柔媚放下画笔，走过去。

“××官员贪污数额巨大，被双规。”

“那也不是新鲜事，这样的事情多了。”

玉清说：“以前的公司败落了。”

“嗯？”

“老总是此人的女婿。”

柔媚点点头。

电话铃响起，“我出国了。”柔柔的女声，听上去很不真实。

“去哪？”曾玉清有些怅然地问。

“美国。”女音依旧温柔。

“一路顺风。”曾玉清诚挚祝福。

“媚儿？”

“嗯。”柔媚没有回头，画画有的时候要入迷的，何况这幅画是她要捐献给红十字会的。

“真不去啊，我是说去北京领奖。”曾玉清知道柔媚画画的时候人比较迷糊，就补了一句。

“是啊，不想去，为什么一定要获奖的人亲自领奖呢？”柔媚懒懒地应道，很多时候这些对柔媚是个麻烦。

曾玉清笑笑说：“要去，我陪你。”

柔媚抬起眼看着曾玉清，曾玉清眼底很清澈，“干吗一定要去？”

“我以你为骄傲。”他蹲下来捧起柔媚的脸，温柔地说。

柔媚笑着说：“傻。”

“要去哦！”曾玉清多补了一句。

柔媚点点头，“好吧！”

曾玉清孩子似地咧嘴笑了：“我给你煮饭去。”

柔媚回头说：“要去看看孩子，一走那么多天了。”

“嗯，这个我和妈妈说好了。”

“怎么老是独断专行？”柔媚嘟囔着。

曾玉清回头看看柔媚，很久才说：“我想要你快乐，我想为你做所有事情。”

柔媚盯着曾玉清看了很久，红云渐渐爬上了脸。

“媚儿，看看行李。”曾玉清回头叫坐在床上的柔媚。

“嗯！”柔媚懒懒地应。

“累吗？”曾玉清走过来问。

“不累。”柔媚想着连心会不会看到她到京的消息，女秘书说连心熬不过秋天了，可是现在已经是春天了。

曾玉清看着她的眼睛忽然说：“傻瓜，不要乱想。”

柔媚怔怔地看着曾玉清，“玉清，对不起！”

曾玉清摸着她的头发说：“我也会痛的，只是我想让你快乐，不想再让你悲伤，我想这个不是我一个人的心愿吧？”

“玉清。”

没有连心的消息。没来的时候怕自己来了见到他，可是来了又没有见到，就好像演了一半的戏没了演员。

柔媚常常看着窗外出神，曾玉清在旁边看着觉得自己几乎成了局外人。

颁奖之后照例是要展览的，柔媚早就对此失去了新鲜感。惟一的感觉是浪费时间。领导换人了，可寒暄是照旧的，只是没有了执意邀请做家教的尴尬。

由着别人去应酬，柔媚还是喜欢一个人偷偷地溜走，看着自己的画在面前才安心。

“先生，你怎么了？”

柔媚听着身后一阵杂乱。回头看见连心慢慢闭上了眼。她以为自己在做梦，猛地闭眼，又睁开。连心躺在地上，太亲近了，却居然不知道在做什么？柔媚呆呆地看着连心，不敢说话。

“快，快，快让开！”安排救护车怕是展览会出意外，却接到一个急症病人，一大群人忙乱起来，挡住了柔媚的视线。柔媚很想把所有人都推开。她想大声地说话，却什么也做不了。

曾玉清一直都默默地注视着柔媚，他知道柔媚的苦，柔媚的痛，柔媚心里的呐喊。

人被送上了急救车，车呼啸着开走了。

第十三章　最后一眼

柔媚看着曾玉清说："我要去看他！"曾玉清想了想，内心隐隐的痛。

"一定要去吗？"曾玉清问。

柔媚点头。

曾玉清把头扭到一边，低声说："我也可以去吗？"

柔媚忽然想到自己好残忍，伸手抱住曾玉清："玉清，我……"

曾玉清看着柔媚的挣扎，心底忽然释然。爱，本就是偶然。柔媚何尝想伤他的心。自己已经拥有她太多，为什么不可以让她多一点快乐呢？

"走吧，我陪你！"曾玉清扶起柔媚温柔地说。

柔媚感激地看着曾玉清，知道自己亏欠他的太多了。

医院里到处是人声，很多人皱着眉头，看着都让人没有了情绪。想着医生一天到晚对着病人，辛苦是不用说的。曾玉清平生最怕医生，自己连小小的痛都不能忍耐。

病人还在抢救，手术室的灯一闪一闪的。

小宛惊慌地跑来，一直以为他能熬过冬天，以为真的就好了，看到了柔媚才忽然想起，连心所有的病似乎全部来源于这个女人。小宛盯住柔媚，眼里都是恨。

柔媚又想躲开，忽然想到连心还在抢救，自己在这总可以给他一点信心，那自己还怕什么呢？自己的屈辱和连心的痛相比算得了什么？

医生出来后，小宛冲了上去："医生，我老公怎么样了？"

柔媚静静地立在那里，她知道这个时候她不可以晕倒，连心才最重要。

“病人还在昏迷，要24小时之后才过危险期。”

柔媚每天去医院，成了医院的熟面孔。也有人认识了柔媚，知道她就是那个画家。画家在很多人眼里是很高大的，可眼前的这个画家怎么就成了一个行色仓皇的妇人呢？

小宛是坚决不让柔媚看到连心的，这是她最后的权利。

直到有一天，柔媚进去了很久没有出来。

曾玉清有种不好的预感，冲了进去，果然看见小宛捉着柔媚打。柔媚只是躲，并不还手。曾玉清抓住小宛的手，说：“你干什么？”

柔媚还是低声地乞求：“求你让我见他一面，好不好？”

曾玉清呆了呆，不理小宛，拥住柔媚进了病房。

柔媚惊呆了，紧紧盯着身上到处插着管子的连心，灵魂不知道飘到了什么地方。

曾玉清以为自己会恨的，以为自己会痛的，以为自己会难过的，可是没有，他忽然觉得生命真的很脆弱。

回到酒店，柔媚一句话也不说。曾玉清以为柔媚会哭，可是没有，他细心地帮柔媚清理被打的伤口，柔媚却是一动不动。

曾玉清担心地看着柔媚，不知道柔媚是否熬得住。看着看着，居然以为自己是在看一场电影，白白为里面的人物担心。

三天后，连心过世，一句话也没有和小宛说。

一年后，小宛带着辰辰嫁了人。

柔媚接到了慈善总会发来的邀请函，是做自愿者的倡议书，要去贵州山区教孩子读书，去两年，柔媚接受了。

走的那天，曾玉清忽然说：“媚儿，我和你一起去。”

柔媚温柔地问：“是妇唱夫随吗？”

某日，在开往贵州的列车上柔媚看到一份报纸，只剩了个角，写着某报记者严某因为传播淫秽色情新闻，被判有期徒刑三年。扫了一眼，柔媚顺手把报纸塞进了垃圾桶，回头对玉清笑笑说：“我们生个孩子吧！”

爱，是偶然，更是必然

爱情中的人很难分清自己到底是哪个角色，只觉得都很熟悉也很陌生。自己到底是柔媚、曾玉清、连心、小宛，甚或小纹，或是其他人？

只感觉整个心沉下去，沉下去……读得几分欣喜，几分忧郁，几分麻木，几分企盼。然后，飘起来，飘起来，悬浮在半空中，看着那个和自己相似的人，轻叹一声，哦，原来如此。

冥冥之中，宿命的安排让连心认识柔媚，从开始就注定纠缠，而纠缠是为了求证生活中的爱情、婚姻、道义、责任、亲情、友情……

欧阳落儿，一个古怪、精灵的女子。印象中的她好动，爱穿白色衣服，若是在古代，必定能长袖善舞。现在，闪烁的霓虹也能见证那份绚彩。但是，她却有一颗精雕细琢的心，手指在键盘上莲花翻飞，思绪如云，流畅地行走着这个《爱本就是偶然》的故事。

两条线，偶尔相遇，却长时间分离。读得越多，心揪得越紧。明明用悠闲的姿态，看一幕幕事不关己的演出，却逃不掉那份淡淡的忧伤，不知不觉地积累起来，浓郁得化不开，缠为心结。

曾玉清爱柔媚，爱由小心呵护到霸道强占，到悔过醒悟。由不得我不对他产生怨恨、愤怒。这个传统的男人，眼中的老婆需要巧笑妩媚，精雕细琢，用几分美丽替老公增光，还得生儿育女，传宗接代，无须工作，只要柔柔顺顺、一心一意地对他。

可是，我不能忍受曾玉清为了证明他爱柔媚的事实，一次又一次粗鲁地进入她的身体，哪怕她面如死灰，心似寒冰。

我如柔媚，外表柔和善良，骨子最深处却充满对自由的渴望，充满想实现自我的倔强。用画笔勇敢地一抹，描绘出别样的色彩。

柔媚爱连心，偶然的一场相遇，注定弹指相思。新公司、画展、海边偶遇连心，寥寥可数的几次相见，有心无心地碰撞出一个又一个火花。这个叫连心的男人，就是她一生惟一的火花。哪怕火花只有短暂的美丽，却足已在心里留下永恒的美丽。

连心爱柔媚，初相见，自难忘。从人到画，再从画到人。从心到身边，再从身边到心。他用一贯的儒雅爱着这个女子，舍不得磕碰，更不容别人磕碰。许多次，我从这个男人的眼中看到那份不舍，那份怜惜，那份至爱。

小宛爱连心，怎能不爱？从小相依，默默支持丈夫和家。只是，这份爱停滞不前了。怪只怪时间改变了什么，又想见证什么。从爱情的小伎俩、试探到撒泼蛮横，哭哭闹闹，无不是为了寻求自己在连心内心的重量，究竟夫妻情深和爱情偶然谁更重。

我也如小宛，恨不得那个男人一辈子将我捧在手心中呵护。却忘记了爱情最大的敌人，其实是自己。更忘记了，爱，其实是一个人的事情，若他不爱，又怎能强求呢？

小纹，爱一个男人真是将他套得牢牢的，死死的？又或者，爱一个男人，就必须为他做出点什么，甚至付出生命？

……

太多的人、事、物在穿插，欧阳落儿却凭海临风，游刃有余。她静下心来，用文字告诉我们她对爱情的坚持和理解。

其实，爱有神话故事。

一方面，内心深处的渴望隐忍着，若是不相遇，也就罢了。若是相遇，便不紧不慢地燃烧，不强求，不热烈，该放则放。

多愁善感的女人渴望爱，渴望被爱。爱遭遇一次，哪怕淡淡的，都足够刻骨铭心，不想忘，忘不了。

伟岸坚持的男人渴望爱，渴望被爱。经过许多年，他忽然发现和自己最默契的女子，不是身边的那个，于是立刻在心里留下了一个位置给别人。但，相见不如怀念。他选择了保持距离。

另一方面，你相信吗？其实爱的神话故事就在身边。若你坚持，就一定会发现。

柔媚与曾玉清的爱磕磕碰碰，曲曲折折，终于双手相握。他是她的责任，她终于明白，他学会了真正爱她。

连心与小宛的爱吵吵闹闹，撕裂得头昏脑胀，纠缠不休。到连心死去的那一刻，他们也没升华那份彼此相依的责任。原本，可以继续相亲相爱，但最终明白了什么是爱。

看到这里，我是谁？是改变自己，努力去爱和被爱？还是停驻不前，哀叹连连？

我知道我是谁了。

你觉得你会是谁？

写到最后，不能不再议欧阳落儿。自始至终，所有的起起伏伏她都了然于胸。不张扬，对所有关注她文章的人总留有几分热情，几分谦虚。

真诚地感谢你，带来如此美文，看完，心里豁然开朗。

纤小眠

2005 年 3 月 于广州

（京）新登字 083 号

图书在版编目(CIP)数据

爱本就是偶然／欧阳落儿著. —北京：中国青年出版社，2005

ISBN 7-5006-6254-8

I. 爱 … II. 欧… III. 长篇小说－中国－当代 IV. I247.5

中国版本图书馆 CIP 数据核字（2005）第 042633 号

爱本就是偶然

作　　者 欧阳落儿

策　　划 智美利达 Zhimei Lida（http://www.bjzmld.com）

执行策划 宝　罗

责任编辑 陈　铁　黄大卫

特约编辑 刘忠波

版式设计 于　海

封面设计 李彦生

责任印制 董雪桦　林　莉

出版发行 中国青年出版社（http://www.cyp.com.cn）

社　　址 北京东四 12 条 21 号

电　　话（010）84036165（编辑部）

（010）84033352（发行部）

邮政编码 100708

印　　刷 中国农业出版社印刷厂

经　　销 新华书店

开　　本 880 × 1230　1/32　　**字　　数** 176 千字

版　　次 2005 年 9 月北京第 1 版 第 1 次印刷　　**印　　张** 7

书　　号 ISBN 7-5006-6254-8/I · 1295

定　　价 18.60 元